# LA

# SUCCESSION D'ICHABOD CREIKFOORTH

2ᵉ SÉRIE GRAND IN-8°.

VOYAGE DANS L'AMÉRIQUE DU NORD

## LA SUCCESSION

# D'ICHABOD CREIKFOORTH

PAR

E. DU CHATENET.

LIMOGES

EUGENE ARDANT ET Cⁱᵉ ÉDITEURS.

# LA SUCCESSION

# D'ICHABOD CREIKFOORTH

### I. — Sur le Paquebot.

Le navire venait de rompre ses dernières amarres et glissait lentement encore, mais fier, majestueux sur les flots agités et à peine colorés par les derniers reflets du soleil couchant.

Il venait de quitter le Hâvre et naviguait en destination de New-York.

C'était un de ces splendides steamers de la Compagnie transatlantique Française, un de ces énormes caravansérails mouvants qui depuis quelques années labourent toutes les mers de leurs doubles hélices, et semblent être le dernier effort du génie de l'homme vers la perfection.

En effet, grâces aux perfectionnements sans cesse apportés, la navigation semble aujourd'hui plutôt une partie de plaisir qu'une entreprise pleine de dangers et de périls ; grâce aux mesures de précautions prises sur tous les navires ; grâce à une sage prévoyance, à une surveillance de tous les instants, les sinistres sont moins à craindre sur mer que les accidents en terre-ferme.

Peut-être même, dans un avenir peu éloigné, arrivera-t-on à écarter, je ne dis pas le danger, il n'existe pour ainsi dire plus, mais la possibilité du danger... Qui sait? notre siècle a vu tant de merveilles!

Un steamer n'est pas plus un bateau qu'un wagon n'est une voiture : cela marche, cela fend les flots, il est vrai, mais au grand préjudice de la couleur locale, du pittoresque, deux choses chères encore au cœur de bien des gens. Si le chemin de fer a tué la diligence, le steamer a tué le véritable navire où tout, de la cale aux sommets des mâts infectait le goudron, le suif, la poix; où les matelots juraient, où le capitaine tempêtait, où l'on avait l'imprévu des coups de mer terribles emportant mâture et voilure, des calmes plats qui allongeaient indéfiniment le voyage, où les passagers, enfin, étaient traités avec autant de soin — quelquefois avec moins de soins — qu'un simple colis...

Tout cela était, il faut en convenir, très-pittoresque, mais fort désagréable.

Nous avons changé tout cela. Les navires aujourd'hui ne marchent plus guère qu'à la vapeur et peuvent se rire des vents et des calmes plats; l'infecte cabine encombrée de ballots et de colis souvent peu odorants a été remplacée par d'élégants et confortables réduits; le *carré* est devenu un grand salon avec livres et journaux; la salle à manger, enfin, toujours abondamment fournie, est digne du *grand hôtel* : il y a donc progrès.

Aussi les passagers, qui ne voient que le beau côté de la chose, sont-ils gais et de bonne humeur : on plaisante, on rit, on fait de la musique, on danse parfois, et on fait trois toilettes par jour, tout comme à Paris, si bien.

que le voyage du Hâvre à New-York devient une véritable
partie de plaisir.

Mais c'est assez nous occuper du navire, voyons un peu
les hommes.

La nuit tombait, disions-nous, quand le paquebot quitta
le port; la mer était rude sans être mauvaise, le vent
favorable, et le navire, hissant quelques voiles, glissa
bientôt en pleine Manche, à peine ébranlé par la violence
du roulis.

Les passagers, — il y en avait de toutes les nations, —
émigrants allemands, anglais froids et méthodiques, américains bruyants, français étonnés... de se trouver là, les
passagers, disions-nous, avaient pris possession de l'arrière et s'examinaient, se tâtaient, ébauchaient des amitiés
éternelles... qui devaient durer tout juste autant que la
traversée.

A l'écart cependant se tenaient deux jeunes hommes
dont le p'us âgé pouvait avoir vingt-cinq ans, le plus jeune
vingt-trois. Rien qu'à l'aisance exquise avec laquelle ils
portaient leurs costumes de voyage, à la manière dont ils
rejetaient la tête en arrière, à l'impertinence avec laquelle
ils lorgnaient tout ce qui passait à leur portée, on pouvait
les reconnaître pour des Parisiens pur sang.

Peut-être avaient-ils pris trop au sérieux ce voyage
d'une dizaine de jours à peine, peut-être avaient-ils l'air
par trop naïf avec leurs casques de liége, leurs immenses
*complets* à carreaux de couleurs, leurs lorgnons, les jumelles
marines qu'ils portaient en sautoir. En tout cas c'étaient
de charmants cavaliers en qui tout trahissait une origine
aristocratique. L'un, l'aîné, était blond comme les blés,
l'autre brun comme un méridional, et cette particularité
faisait encore valoir le genre de beauté qui caractérisait
chacun d'eux.

— Étrange, mon cher! étrange!... dit tout à coup le jeune homme brun en jetant son cigare éteint par dessus le bord. Ce que c'est que la vie pourtant?... hier nous nous promenions encore sur l'asphalte des boulevards parisiens et aujourd'hui nos pieds foulent le pont d'un navire!... Avoue, mon cher, que c'est bien bizarre...

Le jeune homme blond sourit en haussant imperceptiblement les épaules.

— Il n'y a rien d'étrange, rien de bizarre dans tout cela, dit-il, et si nous voguons aujourd'hui sur le sein de Thétis, comme tu pourrais le dire, c'est que nous le voulons bien.

— Quel positivisme! Oui, la volonté est le plus beau privilége de l'homme libre ; et même de celui qui ne l'est pas. Mais quels hasards baroques ont conduit notre volonté.

— La mienne...

— La tienne d'abord, je te l'accorde ; mais la mienne ensuite, puisque j'ai voulu te suivre. Ah! c'est tout de même un bien brave homme que ce digne oncle *Jabote Craquefort!*...

— Ichabod Creikfoorth! rectifia le jeune homme blond en souriant doucement.

— Passons! c'est toujours un bien brave homme, disais-je, de s'être souvenu de toi et de t'appeler pour recueillir de son vivant sa splendide succession... Naïf que j'étais! je croyais que les oncles d'Amérique n'existaient plus que dans les légendes dorées et les drames des boulevards.

— Eh bien, sage Aristide, tu te trompais, voilà tout. Mon oncle existe réellement, si réellement, cher ami, que j'espère bientôt pouvoir te présenter à lui.

— Heureux mortel! tu dégommes le père Bidard de légendaire mémoire.

Le jeune homme blond secoua doucement la tête.

— Je ne souhaite la mort de personne, encore moins d'un parent, fit-il; et cette fortune fabuleuse, qui me tombe pour ainsi dire du ciel, je l'attendrais volontiers de longues années encore, si je ne la dois obtenir qu'au prix de la mort de mon oncle. Pauvre oncle Creikfoorth! je ne le connais pas, mais ma mère m'en a bien souvent parlé; je sais que parti de rien il ne doit qu'à sa persévérance, à son courage l'immense fortune qu'il possède aujourd'hui. Et c'est à l'heure où il pourrait en jouir que la maladie le terrasse, que la mort le guette!..... Pauvre oncle Creikfoorth!...

— Voilà une sensibilité dramatique qui fait honneur à ton caractère. Combien d'autres à ta place se seraient réjouis, félicités d'un pareil bonheur... Tu n'as rien ou à peu près, l'opulence s'abat sur toi comme la misère sur les pauvres diables et tu te plains?... Par la sambleu! comme disaient mes nobles aïeux, tu es vraiment difficile!... Mais que faisait ce digne monsieur Creikfoorth?

— Du pétrole.

— Hein!...

— C'est l'exacte vérité; il s'est enrichi en découvrant d'abord, en exploitant ensuite une des plus riches sources de pétrole qui existent en Pensylvanie.

— Et l'origine de sa fortune remonte?

— A une trentaine d'années environ.

— Et ce millionnaire vous a laissé si longtemps dans une situation assez gênée sans s'inquiéter de vous; car, si je ne me trompe, à la mort de ton père ta mère ne possédait guère plus d'un millier d'écus de revenu dont la majeure partie a été consacrée aux frais de ton éducation.

— C'est vrai.

— Il eût pu, plus tôt, se souvenir de vous.

— En Amérique, ami, chacun vit pour soi, chacun n'a qu'une seule préoccupation, un seul mobile où tendent tous ses efforts : faire fortune... Mon oncle n'est pas arrivé à la position qu'il occupe aujourd'hui sans lutte, sans déboire, sans de grandes préoccupations ; bien souvent il a risqué tout son avoir sur une seule chance et, ruiné la veille, le lendemain il se remettait à l'œuvre avec une plus âpre énergie, une expérience plus grande. Comment veux-tu que, dans cette lutte incessante, titanesque de l'homme contre la destinée, il ait pu, je ne te dirai pas songer à nous, mais seulement s'inquiéter de nous ? Il nous savait relativement heureux et cela lui suffisait.

— Soit, je t'accorde cela. Mais quel *vertigo* s'empare aujourd'hui de lui ? Il ne veut pas, j'imagine, faire de toi, déjà reçu docteur en médecine, ou peu s'en faut, un vulgaire marchand de pétrole ?...

— Aujourd'hui la lutte est terminée : usé, meurtri, désillusionné, n'ayant plus rien à attendre de la fortune, le vaillant combattant a peur de son isolement, soif de soins, d'affection ; et sa moisson faite, il veut en partager le produit avec les siens.

Le jeune homme brun resta un moment pensif.

La nuit avait abaissé sur les flots ses voiles opaques que ne trouait aucune étoile, aucun rayon lunaire. Le navire voguait entouré de toutes parts d'une épaisse muraille de ténèbres que le regard ne pouvait sonder. La solitude s'était faite sur le pont, abandonné aux hommes de quart ; le silence était profond, troublé seulement par les rauques soupirs du vent, le clapotement des vagues contre les flancs d'acier du navire, les éclats sauvages et stridents de la machine.

C'était à peine si l'on pouvait distinguer à dix pas devant soi.

Au loin, bien loin, comme des étincelles courant sur un chiffon brûlé, on apercevait les feux rouges et verts de quelques voiliers courant au plus près pour entrer en seine.

Les deux jeunes hommes se trouvaient donc seuls, bien seuls.

— Etrange ! répéta après un moment de silence le jeune homme brun, qui paraissait affectionner cette locution ; il y a du roman dans tout ceci... Depuis deux ans déjà que je te connais, tu as pu lire dans ma vie comme dans un livre ouvert, et je ne connais rien de la tienne. Ne serait-il pas temps de combler cette lacune ?

— Tu as raison. La nuit est belle quoique noire comme une soute à charbon ; en bas on rit, on chante, nous pouvons donc causer sans craindre d'être dérangés.

— Ils s'assirent tous deux sur un de ces élégants bancs de cannes qui à bord des navires ont maintenant remplacé le classique rouleau de cordage, disposés, l'un à parler, l'autre à écouter.

Nous allons résumer ce qu'Hector Lassalle, le jeune homme blond, raconta à Aristide Bonneau, le jeune homme brun.

## II. — Les Saltimbanques.

— Il y a dans la vie, commença Hector Lassalle, des événements, des hasards que plus d'un, comme toi, qualifieraient d'étranges. Etranges en effet, car c'est à un de ces événements que je dois pour ainsi dire le jour.

« Mon père avait douze ou quatorze ans — tu vois que je prends les choses de haut — quand la petite ville qu'il habitait fut mise en émoi par un fait inouï et pour ainsi dire sans précédent dans les annales de la commune : un de ces cirques appelés Américains venait de s'établir avec ses voitures peintes et dorées, ses chevaux, ses éléphants sur le champ de foire.

» Tous les enfants, tous les oisifs de la petite ville étaient là s'extasiant, admirant bouche béante. Mon père, comme tu le penses, était au premier rang avec d'autres gamins de sa connaissance. Il assista à la construction de l'immense baraque de toile, suivit par les rues les écuyers, les écuyères caracolant en grand costume, et rentra chez lui tout émerveillé, se promettant bien d'assister à la première représentation qui avait lieu le soir même.

» Mon grand père, je l'ai dit souvent, était médecin ; il ne faisait pas de brillantes affaires bien qu'il fût le seul praticien de B***, car charitable, dévoué, il appartenait à tous, ne marchandant aux pauvres ni ses soins ni ses remèdes. Ses clients le savaient bien et n'étaient pas sans abuser de sa générosité. Mais que lui importait! son modeste patrimoine suffisait amplement à ses besoins et à

ceux de sa famille, et quand on lui reprochait de se laisser
si facilement duper, il répondait en riant :

— » Le médecin, comme le prêtre, ne doit pas mar-
chander ses soins ni son dévouement. J'ai pu être trompé
bien des fois, mais que de misères aussi j'ai soulagées !
Croyez-moi, il vaut mieux être taxé de trop de bonté que
de trop de rigueur.

» C'était un bien digne homme !

» Mais pour en revenir à nos saltimbanques, mon grand-
père avait promis à celui qui plus tard devait être mon
père, de le conduire à la première représentation. Tout ce
que B*** comptait de notabilités, d'élégants s'était donné
rendez-vous au cirque ; la soirée promettait d'être des plus
brillantes.

» On commença par les exercices que tout le monde
connaît, dislocations de clowns, voltiges sur des chevaux
nus, combats d'athlètes, jeux de gymnasiarques, d'équili-
bristes, etc. La galerie était transportée et applaudissait à
tout rompre.

» Tout à coup il se fit un grand silence.

» Le *barnum* de la troupe venait d'apparaître à l'entrée
de la piste, tenant par la main une délicieuse fillette de six
ou sept ans à peine.

— » Mesdames et messieurs, dit-il après les trois saluts
de rigueur, miss Alicia va avoir l'honneur d'exécuter
devant vous les exercices les plus périlleux sur la corde
raide. Je réclame toute votre attention pour ce travail qui
n'a jamais été exécuté par un enfant de cet âge... »

» Le *barnum* salua, miss Alicia salua, et le public, enthou-
siasmé par la gentillesse de la petite funambule, applaudit
à tout rompre.

» Pendant ce temps les valets, les clowns avaient tendu
une énorme corde qui traversait tout le cirque à la hauteur

des piliers soutenant la toiture. Effrayé d'une telle éléva-
tion, mon père ferma involontairement les yeux; et quand
il les rouvrit, la gracieuse funambule souriante et légère
comme un sylphe était déjà au milieu de la corde.

» Pendant quinze minutes elle resta là, marchant à recu-
lons, en avant, avec, sans balancier, poussant devant elle
une brouette pleine de fleurs qu'elle jetait au public; bref,
exécutant tous les exercices du fameux Blondin (1) dont
nous saluerons bientôt la patrie.

» Mon père, les yeux fixes, hagards ne pouvait s'arracher
à cette contemplation émouvante; quand il la voyait, toujours souriante, marcher à pas comptés ou bien bondir et
tourbillonner, perdue dans un nuage de gaze et de dentelle que trouait, comme des rayons lumineux, le fauve
éclat des paillettes d'or, il sentait une sueur froide lui
mouiller les tempes, le vertige s'emparer de tout son être.

— » Assez! assez!... » criait le public.

» A cette époque la police n'avait pas encore imposé aux
acrobates le filet qui, s'il n'empêche pas les chutes, les
rend toujours moins périlleuses, et de cette hauteur de
quinze mètres environ, toute chute devait être mortelle.

— « Assez! assez! » répétait-on de tous côtés.

» L'enfant était arrivée à une des plates-formes disposées
aux deux extrémités de la corde. On pouvait croire que,
cédant aux désirs du public, elle se retirait; mais non,
bientôt elle reparut la tête enveloppée cette fois d'un épais
bandeau.

» Un cri de stupeur s'échappa de toutes les poitrines; le
tumulte recommença, des protestations indignées s'éle-
vèrent de tous côtés.

---

(1 Célèbre acrobate qui, entre autres travaux restés légendaires en Amérique, exécuta ses exercices les plus difficiles sur une corde raide tendue
au-dessus des chutes du Niagara.

» A cette époque, surtout en province, on n'était pas blasé comme aujourd'hui sur ce genre de spectacle.

» Ces cris de tumulte effrayèrent-ils l'enfant, ainsi que le prétendit le Barnum, c'est là ce que je ne saurais dire ; mais tout à coup on la vit chanceler, et perdre l'équilibre en appelant à l'aide.

» Vainement elle tenta de se rattraper à la corde : aveuglée par l'épais bandeau qui lui entourait la tête elle ne put la saisir, et on la vit tomber et rebondir au milieu de la piste.

» En un instant la piste fut pleine de monde.

» Mon grand-père n'avait pas été le dernier à s'y précipiter.

— » De la place ! cria-t-il en voyant les spectateurs se presser, se bousculer pour approcher de l'infortunée. Retirez-vous donc si vous ne voulez pas étouffer cette enfant...»

« Docile la foule s'écarta ; mon grand-père avait déjà examiné la pauvre petite créature.

— » Eh bien, demanda le *barnum* inquiet, elle est donc morte ?

— » Non, répondit mon grand-père ; mais son état est grave, très-grave. La jambe gauche est brisée, et je ne suis pas sûr qu'il n'existe pas de lésions internes. »

« Le barnum allait répondre quand, écartant brusquement la foule, un enfant âgé d'environ treize ou quatorze ans, vêtu d'une défroque de *clown*, la face encore barbouillée de farine se précipita vers la petite fille en pleurant.

» Mon grand-père voulut le repousser.

— » C'est son frère, dit le barnum.

— » Mais ses autres parents, son père, sa mère ?...

— » Ils sont orphelins. Ah ! c'est une vraie fatalité !... je n'ai pas de chance avec cette famille qui m'a coûté plus d'argent que ces malheureux enfants n'en gagneront dans toute leur vie. Il y a un an à peine, le père s'est tué en franchissant le *pont de la mort*; trois mois après sa femme succombait aux suites d'une fluxion de poitrine, et aujourd'hui c'est un des enfants qui s'estropie à jamais peut-être...

— » Que comptez-vous en faire?... interrompit mon grand-père.

— » Je ne puis la soigner dans mes voitures... il existe sans doute un hôpital dans cette ville ?...

— » Non, répondit sèchement mon grand-père.

— » Comment faire alors?... Je pars demain... la traîner avec nous, ce serait la tuer... Que faire ? encore une fois, que faire?

— » Rassurez-vous, Monsieur, répondit mon grand-père; cette enfant ne sera pas abandonnée, je me charge d'elle.

— » Monsieur, comptez sur ma reconnaissance éternelle. D'ailleurs vous ne perdrez rien, vos soins vous seront largement payés... »

« Mon grand-père l'interrompit d'un geste.

— « Je ne suis pas un médecin comme un autre, dit-il en souriant. Gardez vos dollars; mais, en échange, promettez-moi de me laisser l'enfant. »

« Le barnum réfléchit un moment.

— » Soit, dit-il, sauvez-la et elle vous appartiendra. D'ailleurs, continua-t-il comme pour acquit de conscience, il est peu probable qu'elle puisse jamais reprendre ses exercices.

» Voilà comment Alicia Creikfoorth — le barnum en échange d'une attestation en règle avait remis à mon grand-père toutes les preuves de l'identité de la fillette — voilà comment, dis-je, la petite funambule entra dans notre famille. Mon grand-père la soigna avec un dévouement tout paternel, aidé dans cette douce tâche par sa digne épouse. Dieu leur avait refusé une fille, ils s'en dédommagèrent en aimant, en soignant la petite abandonnée comme si elle leur appartenait réellement.

» Mais il faut abréger ; la fin de cette simple histoire se comprend facilement.

» Alicia grandit sous le toit de mes grands-parents que mon père quitta bientôt pour terminer ses études dans un grand lycée. Dès lors, elle fut la joie, le rayon du soleil qui illuminait le modeste intérieur. Plus on la connaissait, plus on l'aimait; les gens de B*** mêmes, assez formalistes pourtant, ne l'appelaient plus la petite *bohémienne*, mais bien *la pupille du docteur Lassalle.*

» Et quand mon grand-père mourut, survivant à peine de quelques mois à son épouse adorée, il mit dans la main de son fils la main d'Alicia, en lui disant :

— » Je te la confie, ne l'abandonne jamais... »

« Mon père promit ; il aimait ardemment, saintement celle qui, enfant, avait partagé ses jeux, jeune fille, s'était associée à toutes ses joies, à toutes ses douleurs, et, à l'expiration de son deuil, la petite funambule devint madame Lassalle.

» Je fus le seul fruit de cette union.

» De mon oncle Ichabod Creikfoorth le petit clown, mon père n'avait eu que de rares nouvelles. Il savait seulement que, mécontent de son *barnum*, il avait quitté le cirque pour s'engager comme matelot sur un *steamboat* du Mississipi, puis que, se lançant dans les aventures, il avait découvert une source de pétrole qui promettait de l'enrichir rapidement.

» Mais j'entre dans une ère néfaste. Mon père, avocat distingué, avait quitté la province pour chercher gloire et fortune à Paris... Hélas! les événements trompèrent son attente. Meurtri, désillusionné, fatigué de la lutte, il suc-

2

comba bientôt, nous laissant ma mère et moi presque sans ressource.

» Mais j'étais un homme alors, et je travaillai courageusement. A vingt-deux ans, mon volontariat fait, je parvins à me faire recevoir interne à la Pitié, et j'étais sur le point de passer mon examen de docteur quand nous reçûmes cette lettre éloquente dans son laconisme même :

« Je touche peut-être à ma dernière heure. Venez avec » votre fils, tout ce que je possède vous appartient.

» ICHABOD. »

« Ma mère souffrante ne pouvait m'accompagner; je résolus de partir seul...

— C'est alors, interrompit Aristide Bonneau, que je t'offris de t'accompagner. Oh! ne m'en sois pas reconnaissant... Orphelin, riche, mais ennuyé des splendeurs de la capitale — style antique — je ne pouvais mieux faire que de mettre à ton service mon dévouement, ma bourse et ma vieille expérience...

— Merci! dit Hector en serrant énergiquement la main que lui tendait son ami.

— Mais reprit Aristide, la nuit s'avance, mon bon, et ton histoire passablement romanesque m'a furieusement creusé l'estomac. Donc, je propose, pour attendre le jour, une aile de volaille arrosée de quelques verres de vieux bordeaux.

— Adopté!...

Et les deux jeunes hommes, le cigare aux lèvres, s'éloignèrent bras dessus, bras dessous.

Malheureusement, ils n'avaient pas remarqué trois individus à la tournure correcte, mis comme de parfaits gentlemen, qui tapis dans l'ombre, derrière les écoutilles du grand salon, n'avaient pas perdu un mot de leur conversation.

— By-God! dit dans le plus pur anglais un de ces gent-lemen, que vous semble de cette histoire ?

— Il nous semble, Archibald Loyton, répondit un des hommes, qu'il y a là un bon coup à tenter.

— Bien répondu Nichols! Et toi, Goliath ?...

— C'est bien chanceux...

— Allons donc! reprit celui qu'on appelait Nichols. J'estime que nous serions bien sots de laisser là ces millions de dollars qui pourraient nous appartenir avec un peu d'adresse.

— Et en frisant légèrement le gibet.

— Eternel trembleur! fit Nichols en haussant dédaigneusement les épaules. Gentlemen, c'est la fortune qui s'offre à nous, ne soyons pas assez simples de la laisser s'échapper...

Une solide poignée de main scella le pacte, et les trois coquins disparurent à leur tour.

---

### III. — Le pays du pétrole.

Il existe à quelques centaines de lieues de New-York, au centre de l'État de Pensylvanie, une vaste contrée connue sous le nom de *Pétrolie*. En effet, c'est le paradis du pétrole, l'immense réceptacle où se trouve, emmagasinée par la main de Dieu, cette huile minérale qui aujourd'hui entre pour plus d'un tiers dans l'éclairage universel

C'est la terre de feu.

Il y a quelque vingt ans à peine, les immenses richesses que récolte le sol de la Pensylvanie n'étaient même pas soupçonnées. La solitude se faisait des rives du lac Erié à celle du Susquehanna, solitude troublée seulement par quelques hordes errantes qui allaient et venaient, élevant leurs tentes de peaux bariolées partout où le pâturage était vert, le gibier abondant, les rivières claires et poissonneuses.

Cependant quelques esprits aventureux avaient remarqué une sorte de tourbe grasse et gonflée comme une éponge d'un liquide huileux, avec laquelle les anciens cuisaient leurs aliments, se chauffaient, s'éclairaient même.

Il n'en fallut pas davantage : le pétrole était découvert aux États-Unis.

Alors ce fut une fièvre d'agio, d'émigration en tous points semblable à celle qui s'empara de tous les esprits lors de la découverte de l'or en Californie. Subitement la Pensylvanie se peuple de mineurs rudes et énergiques, de spéculateurs avides, de déclassés de toutes les nations. Partout on construisit des cabanes, on bouleversa la terre et les rochers, on creusa des puits ; le prix des terrains monta presque sans transition de cinq cents pour cent ; encore n'en trouvait pas qui voulait...

Puis à la fièvre, à l'effervescence des premiers jours succéda une exploitation régulière, sagement réglée qui rendit plus de mille pour cent aux heureux *Pétroliens*.

Aujourd'hui la Pétrolie compte des villes importantes quoique construites en bois comme jadis San-Francisco, des railways, des services de steamboats sur ses fleuves et ses rivières. D'un autre côté comme nous le disions plus haut, la population s'est considérablement accrue depuis qu'un travail sagement réglementé a remplacé les tâtonnements hasardeux, les folles spéculations des premiers jours, et, comme les Américains sont avant tout amis du *confortable*, à la suite des travailleurs, des restaurateurs,

des représentants de tous les corps de métier, des saltimbanques sont venus planter leurs tentes dans ces parages
désolés, si bien qu'aujourd'hui, la Pétrolie peut rivaliser
de richesse, de mouvement, avec n'importe quel État de
l'Union.

Voilà comment les villes se fondent dans la libre Amérique.

Tandis que les ouvriers, les petits négociants habitent
les cloaques infects d'Oil-City (1), de Corry, de Pittrolé-
City (2), vivant dans une atmosphère tellement imprégnée
d'émanations pétroliennes qu'à chaque instant on craint de
voir l'air s'embraser, les heureux de ce monde, les riches
spéculateurs ont construit dans des sites ravissants, au
bord des rivières limpides sous les ombrages des arbres
géants, de gracieuses et confortables villas qui contrastent
d'une façon saisissante avec ces cités noires, puantes où
se remuent pourtant des millions de dollars.

C'est dans une de ces habitations que nous allons maintenant introduire le lecteur.

La maison était bâtie au pied d'une colline verdoyante,
presqu'au bord des flots bleus du Susquehanna dont la
route la séparait seule. Construisant plutôt une habitation temporaire qu'une demeure définitive, l'architecte avait visé bien plus à l'effet qu'à la solidité. Rien
n'était plus coquet, plus léger à la fois que cette bonbon-
nière aux murailles où les briques de toutes les couleurs
se mariaient en dessins fantastiques et originaux, aux
balcons de cèdre finement découpé, au toit de *shingles* (3),
supporté par une infinité de colonnettes sveltes et élancées.

(1) Huile-Ville.
(2) Pétrole-Ville.
(3) Petites planchettes de bois affectant la forme des tuiles chinoises,
souvent employées pour couvrir les maisons de campagne.

Un immense jardin, où croissaient pêle-mêle les plantes du sud et des essences du nord, l'environnait de tous côtés, tandis qu'un petit môle défendu par une balustrade à jour s'avançait jusqu'au fleuve où se balançaient à l'ancre deux ou trois bateaux de plaisance.

Les cuisines, les logements des domestiques avaient été relégués au fond du jardin afin que rien ne blessât la vue dans cet Eden champêtre.

Certes, le propriétaire de cette coquette demeure ne pouvait être qu'un homme de goût, un artiste, et pourtant ce propriétaire n'était autre que l'ex-saltimbanque, l'ex-matelot, Ichabod Creikfoorth, enfin...

Comment, parti de si bas, sans amis, sans instruction, le pauvre petit clown était-il parvenu à ce point culminant de la fortune et de la considération ?...

C'est que dans la libre Amérique il en est autrement que dans notre pauvre Europe. Là, pas de ces préjugés sociaux qui étouffent l'inspiration, paralysent le génie ; là un homme vaut un homme : le batelier, le bûcheron de la veille sera le président du lendemain, le garçon qui vous sert à table, qui cire vos bottes peut devenir député, général, que sais je encore !...

Audace et persévérance ! voilà la devise de l'Américain.

En quittant le directeur du cirque ambulant, Ichabod s'était enrolé en qualité de chauffeur sur un de ces énormes steamboats qui remontent le Mississipi de Baton-Rouge à Saint-Louis. Il avait dix-sept ans alors. Brusquement mis en contact avec ce monde extérieur qu'il ne pouvait soupçonner, alors que, pauvre clown il ne connaissait d'autre univers que la tente de toile du manège, l'enfant avait bien vite senti ce qui lui manquait : l'instruction ; il avait compris que sans ce levier puissant il ne serait jamais rien, et déjà il brûlait de devenir quelque chose.

Rien n'est tenace comme un Américain, Ichabod devait le prouver : sans s'inquiéter des difficultés de ce projet irréalisable, il résolut de s'instruire, de travailler *seul*...

Ses journées appartenaient à celui qui le payait, mais que lui importait si ses nuits lui restaient ? Accroupi dans l'immense chambre de chauffe du steamboat, un livre sur ses genoux, il étudiait à la lueur rouge des fourneaux, comme jadis son compatriote Abraham Lincoln étudiait dans sa cabane de bois devant un grand feu de sapin...

Plus tard ayant abandonné la navigation, il entra comme domestique chez un homme de loi et put ainsi achever des études si laborieusement commencées.

Dès lors il vola de ses propres ailes. Tour à tour on le vit commis-voyageur, comédien, homme d'affaires dans un quartier populeux de Boston. Mais aucun de ces métiers ne le conduisait à la fortune qu'il avait rêvée, et, l'esprit errant du saltimbanque reprenant le dessus, un beau jour il s'associa à un montreur de curiosités, de phénomènes monstrueux avec lequel il parcourut les principales villes de l'Union américaine. Malheureusement le succès ne couronna pas tant de persévérance, et ruinés par un concurrent mieux fourni en monstres de toutes espèces, les deux associés durent vendre la baraque et se séparer.

C'est ce moment, alors que ruiné, désespéré, le malheureux Ichabod croyait devoir renoncer à la lutte, que la fortune choisit pour le combler de ses dons.

Il venait d'acquérir avec ses dernières ressources une misérable ferme, située sur un des bras du Susquehanna, quand l'étonnante nouvelle de la découverte du pétrole se répandit comme une traînée de poudre de l'Erié à New-York.

Ce fut une révélation. Derrière la ferme concédée à

Ichabod s'étendaient de vastes terrains incultes, marneux où souvent, dans les jours d'orage, on voyait briller des lumières étranges.

— Là doit être l'huile minérale, se dit-il après avoir réfléchi. Je le saurai demain...

En attendant la nuit, il fabriqua avec une longue tige de fer une sorte de sonde ; puis, quand il jugea l'heure venue, seul, une lanterne cachée sous son grand manteau, il sortit sans bruit.

Le matin quand il rentra il était fixé.

— Ma fortune est faite ! dit-il.

Et sautant sur son maigre bidet, il s'élança à toute bride vers la ville la plus proche où il prit la diligence pour New-York.

Une heure après son arrivée dans la *Cité Empire*, il frappait à la porte du propriétaire des terrains vagues, vieux grigou avare et peu scrupuleux qui vivait seul avec sa sœur, non par affection pour la dame, mais parce qu'elle lui épargnait les dépenses d'une servante et d'une dame de compagnie.

Au coup de marteau d'Ichabod, il tressaillit et cacha vivement dans son secrétaire les dollars, les aigles d'or qu'il comptait avec une satisfaction manifeste.

— Molly, dit-il, regardez qui vient.

Une minute après il était dans le petit parloir où Ichabod l'attendait déjà.

La conversation fut courte entre ces deux hommes. *Times is money* (1) est le proverbe américain par excellence. D'une part Ichabod exposa le désir qu'il avait de se rendre acquéreur des vingt ou trente acres de terrain qui avoisinaient sa demeure ; de l'autre master Schipson à qui

---

(1) Le temps est de l'argent.

ces mêmes terrains n'avaient justement jamais rien rapporté, se montra très-disposé à les vendre.

L'accord fut conclu à raison de douze dollars (1) l'âcre, puis Ichabod reprit :

— Faites préparer l'acte de vente, je viendrai ce soir le signer avec deux témoins et vous solder en même temps.

Les deux hommes se serrèrent la main, riant sous cape, et persuadés chacun dans son for intérieur qu'il avait dupé l'autre.

Ichabod sortit. Où allait-il ? tout simplement à la recherche de la somme qui lui était nécessaire non-seulement pour solder son acquisition, mais encore pour l'achat du premier matériel, les frais des premières fouilles.

Une telle confiance peut paraître de la témérité, plus même, de la folie... Mais l'Américain était sûr de lui-même et se dirigeait sans l'ombre d'un doute vers la demeure d'un de ses anciens compagnons d'aventures qui, lui, avait fait fortune en dirigeant un journal spécialement consacré aux annonces.

Ichabod, sans s'amuser aux préliminaires lui expliqua brièvement le motif qui l'amenait chez lui, et lui demanda cinquante ou soixante mille dollars pour quelques temps seulement.

— Je suppose que vous êtes fou, master Creikfoorth! s'écria le spéculateur qui fit un tel bond sur son fauteuil de cuir qu'il renversa son encrier sur les épreuves qu'il corrigeait.

— Nullement, master Pliſton, répondit Ichabod sans se déconcerter.

Et, avec une lucidité merveilleuse, il lui fit part de sa

(1) Le dollar vaut un peu plus que cinq francs.

découverte, mais en taisant prudemment le nom de son petit domaine, lui parla des bénéfices énormes qu'il pourrait retirer de l'exploitation du pétrole. A mesure qu'il parlait, le front de John Plifton s'éclarcissait, ses yeux brillaient de plaisir et de cupidité. Une heure après un acte d'association était signé et déposé chez un homme de loi, et le soir même le vieux Schipson touchait son argent.

Hélas! toute médaille a un revers : huit jours après son journal lui donnait les détails suivants :

« Une nouvelle source de Pétrole d'une richesse fabu-
» leuse et dépassant de bien loin tout ce qu'on a vu jusqu'à
» présent, vient d'être découverte dans les propriétés de
» MM. Creikfoorth et Plifton. L'huile minérale, abondante
» et d'une qualité réellement supérieure se trouve presqu'à
» fleur de terre, ce qui simplifiera de beaucoup l'exploita-
» tion. Les travaux sont déjà en bonne voie d'exécution et
» promettent un rendement inouï.

» Allons, le monde n'est pas encore prêt de manquer de
» lumière, et c'est la libre Amérique qui tiendra le flam-
» beau !... »

— Damnation! je suis joué! rugit l'avare en froissant son journal de colère.

Voilà comment Ichabod Creikfoorth, l'ancien clown, l'ancien matelot, devint le millionnaire que nous connaissons.

---

IV. — Comment Ichabod Creikfoorth reçut son neveu.

C'était le soir, un beau soir d'octobre 187... On était à cette heure où la nuit n'existe pas encore et pourtant où le

soleil drapé dans une voile pourpre, que traversent mille
rayons d'or, s'incline lentement derrière les collines de
l'ouest.

Ses reflets empourprés teignaient splendidement les
flots paisibles du Susquehanna ; au loin un steamboat au
triple étage de cabines, aux cheminées monumentales et
toujours couronnées d'ondoyants panaches de fumée semblait une tache noire sur un lac de vermeil ; de grands
troupeaux de bœufs, de chevaux à demi-sauvages avaient
brisé leurs entraves et se vautraient dans la vase, barbo-
taient dans le fleuve qui leur montait jusqu'au poitrail,
tandis que leurs gardiens couraient affolés sur la rive,
essayant à force de coups et de cris de les arracher à cette
dangereuse tentation de l'eau fraîche et de l'herbe tendre.

Rien n'est beau comme octobre alors que les arbres
ont encore leurs frondaisons diaprées de mille couleurs,
depuis le vert le plus intense jusqu'au rouge le plus vif,
alors que les collines ondulent leurs croupes chargées d'une
riche végétation, que la brise arrache aux fleurs leurs
derniers parfums, que, près de s'endormir, la nature
prodigue ses sourires, ses mille séductions comme pour
mieux faire sentir ses charmes.

Telles devaient être les pensées de l'oncle Creikfoorth
tandis que, nonchalamment couché sur un lit de repos
placé sur le balcon de l'habitation, il inspectait d'un œil
avide la route qui se déroulait à ses pieds comme un long
ruban grisâtre traversé par les grandes ombres des arbres.

L'ombre s'étendait de plus en plus. Autour de lui pas un
bruit humain, pas un chant d'oiseau. Seuls la voix gron-
dante des eaux, le frémissement de la brise dans le feuillage des grands arbres et des plantes grimpantes s'enroulant
autour des colonnes qui soutenaient la vérandah et retom-

bant en astragales, en festons gracieux, berçaient doucement le sommeil de la nature.

— La nuit s'avance, Jack, dit tout à coup l'oncle Creikfoorth en se redressant péniblement, et rien ne vient...

— Patience, massa, répondit un domestique nègre qui,
penché sur la balustrade, écarquillait ses gros yeux pour
mieux voir sur la route; massa savoir attendre... Tom
parti avec chevaux et voiture pour Sunbury; tant que lui
pas revenir, vous pas désespérer...

— C'est vrai ! murmura le millionnaire qui retomba
lourdement sur sa couche. J'avais pourtant calculé qu'il
arriverait aujourd'hui... me serais-je trompé?...

— Non, massa, vous pas trompé... Jeune maître venir...

— Attendons.

L'oncle Creikfoorth pouvait avoir soixante ans, ce n'était
pas l'extrême vieillesse encore; mais les préoccupations
d'une jeunesse besogneuse et toute d'aventures, le travail
incessant de l'homme mûr avaient de bonne heure brisé
son corps de fer, blanchi ses cheveux, sillonné son front
de rides profondes. La goutte le retenait cloué sur ses
coussins une partie de l'année; il souffrait horriblement et
semblait arrivé au dernier terme de sa carrière.

La volonté, une volonté forte, tenace, le soutenait
seule.

Tel est ordinairement le sort réservé à ces hommes qui,
jetés de bonne heure dans les luttes de la vie, prodiguent
sans compter leurs forces et leur jeunesse. Ils se croient
invincibles parce qu'ils ont résisté aux plus cruelles priva-
tions, aux plus terribles angoisses; mais viennent les
années et ces colosses aux pieds d'argile s'affaissent et
tombent comme des enfants.

La nature surmenée reprend toujours ses droits.

— Jack, reprit Ichabod après un nouveau silence, sonne pour qu'on me transporte dans ma chambre.

— Le voilà, massa! cria le nègre au même instant. Moi entendre voiture ; nous savoir !

Ichabod aussi prêta l'oreille.

Quelques secondes après, une voiture traînée par deux vigoureux trotteurs passa sur la route avec la rapidité d'une flèche. Le concierge averti par le roulement avait déjà ouvert la grille, et l'équipage décrivant un demi-cercle parfait vint s'arrêter court en face du perron.

Jack regardait toujours.

— Voilà jeune maître, massa! cria-t-il avec joie.

Deux hommes mis avec une élégance correcte et suffisamment munis d'ombrelles, de lorgnettes, de guides pour qu'on ne pût se méprendre sur leur qualité de voyageurs, sautèrent lestement à terre et gravirent non moins lestement le perron éclairé par des candélabres que portaient les domestiques nègres.

— Elle est bien la baraque! murmura un des voyageurs avec un sourire ironique.

— Chut! fit vivement son compagnon en mettant un doigt sur ses lèvres ; on pourrait nous entendre...

Recommandation superflue, aucun des domestiques ne comprenait le français

Ils s'arrêtèrent à la porte d'un salon luxueusement meublé et éclairé par d'innombrables bougies. Assis dans un grand fauteuil, l'oncle Ichabod semblait rayonnant.

— Hector! cria-t-il en tendant vers le plus âgé des voyageurs ses mains tremblantes. Enfin! je vous vois !...

— Mon oncle! répondit le jeune homm

Et d'un bond il fut dans les bras du vieillard qu'il étreignit et embrassa à plusieurs reprises

— Là!... là! assez mon enfant! murmura Ichabod en

essayant de reprendre sa respiration. Toujours impétueux, ces français!... Ah! si vous saviez comme je vous attendais, comme je comptais les minutes, les secondes!... J'avais tant peur de ne pouvoir vous embrasser... je suis si vieux!.

— Pouviez-vous douter de moi?...

— Qui sait?... J'ai eu de grands torts envers votre mère, envers votre père, enfant... Enfin le passé est le passé... Toujours travaillant, toujours luttant, heureux un jour, désespéré le lendemain, je n'avais pas le temps d'aimer. Mais du jour où, cloué par les infirmités sur mon vieux fauteuil, l'esprit dégagé des mille projets, des mille calculs du spéculateur, j'ai retrouvé un peu de calme, votre pensée à tous ne m'a plus quitté, j'ai rougi de mon égoïsme... vous le voyez, c'est presqu'une confession que je vous fais...

— Mon oncle!...

— Laissez-moi continuer. Alors, dis-je, j'ai pensé à vous. Il était trop tard pour votre père; mais pour votre mère et vous il était temps encore. Je vous ai appelé, vous serez mon fils et récolterez ce que j'ai semé.

— Et rendez-moi cette justice que je n'ai pas hésité à répondre à votre appel. Votre lettre à peine reçue, la voici d'ailleurs, continua Hector en fouillant négligemment dans son portefeuille bourré de papiers, votre lettre à peine reçue, je prenais le train du Hâvre et m'embarquais pour New-York.

— Et je vous en remercie encore une fois, mon enfant, mon fils, murmura le vieillard, attendri. C'était si triste, voyez-vous de me sentir mourir et de n'avoir personne pour recueillir mes dernières volontés, pour me fermer les yeux...

— Mon oncle!, s'écria Hector avec un attendrissement

qui, s'il n'était pas réel, était du moins admirablement simulé. Mon oncle, ne me parlez pas ainsi, vous me brisez le cœur... Non, vous nous resterez de longues années encore...

— Je suis bien près de ma fin, Hector !... Mais n'attristons pas un si beau jour par de telles paroles. Vous êtes ici chez vous, et...

En même temps il regarda le deuxième voyageur.

— Monsieur Aristide Bonneau, mon oncle, interrompit Hector en découvrant son ami qui salua. C'est un de mes meilleurs compagnons de jeunesse, un parent presque.

— Qu'il soit donc le bienvenu. Hector, votre appartement est prêt ; j'ai douze chevaux dans mes écuries, deux yachts sur le fleuve, un parc giboyeux : tout est à vous. Mes domestiques ont reçu l'ordre de vous obéir comme à moi-même ; ma bourse enfin vous sera toujours ouverte, ne craignez pas de l'épuiser.

— Que vous êtes bon, mon oncle...

— Ne parlons pas de cela. Mais je vous quitte : les longues veilles m'épuisent. Patrick va vous conduire à la salle à manger. A demain donc ; nous causerons plus longuement.

Et adressant un sourire affectueux aux deux jeunes hommes, il sortit appuyé sur l'épaule de Jack.

Précédés d'un domestique portant un candélabre, Hector et son ami passèrent dans la salle à manger.

Sur une table resplendissante de cristaux, de porcelaines chinoises et japonaises, le souper était servi à l'américaine, c'est-à-dire avec une profusion inconnue en Europe où, avec raison peut-être, on préfère la qualité à la quantité

Les mille clartés qui tombaient des lustres, et s'échappaient des candélabres faisaient resplendir les grandes

pièces d'orfèvrerie, et arrachaient des éclairs brillants aux
facettes des cristaux.

Soit qu'ils fussent embarrassés devant ce luxe anormal,
gênés par la présence attentive des domestiques qui les
servaient, ou assaillis par de grandes préoccupations, les
deux jeunes hommes touchèrent à peine aux mets placés
devant eux, et n'échangèrent pas quatre paroles pendant
toute la durée du repas. Au dessert seulement, ils demandèrent quelques bouteilles de *claret* (1) — en Amérique
on ne boit ordinairement pas de vin en mangeant — et, les
domestiques congédiés, ils parurent plus tranquilles.

— Enfin ! murmura Hector, nous voilà donc au cœur de
la place ! Quelle fortune !... quel luxe princier !...

— Pince-moi, mords-moi... fit Aristide en se tâtant, que
je m'assure que tout cela n'est pas un songe, une féerie
éblouissante qui s'évanouira bientôt et nous laissera plus
que jamais plongés dans notre misère..

— Chut! parlons français... Non, my dear (2), tout cela est
réel, bien réel ; tout ce luxe nous appartiendra si nous le
voulons fermement. Mais il faut jouer serré, se tenir
toujours sur le qui vive, prévenir les moindres événements et surtout nous faire bien venir de tout le monde,
depuis celui qui commande ici jusqu'au dernier des chiens
de garde...

— Heureusement que nous possédons leurs papiers.
Mais, c'est égal, hâtons-nous... le sol est miné sous nos
pieds, et il n'y a que les morts qui ne reviennent pas...

— Tu les crains donc?...

— Je ne sais... mais j'en reviens toujours là ; il eût mieux
valu les tuer !.. fit Aristide d'une voix sombre.

(1) Bordeaux.
(2) Mon cher ami.

— Que peuvent-ils sans papiers, sans argent, sans rien qui puisse constater leur identité?... Le bonhomme a donné en plein dans le panneau: si les autres se présentaient demain, il les traiterait d'imposteurs...

— Qu'importe !..

— Goliath les surveille.

Ils peuvent tromper sa surveillance. Enfin, nous ne pouvons plus reculer; appliquons-nous donc à bien jouer nos rôles, et puisque le bonhomme nous a ouvert sa bourse, puisons-y largement : cela nous constituera un fonds de réserve en cas d'événements imprévus. D'ailleurs quand nous connaîtrons mieux les êtres, quand nous saurons où est le fameux coffre-fort, il nous sera facile d'y pratiquer d'abondantes saignées...

Le repas était terminé et nos deux coquins, un peu ivres, mais raides et guindés se firent conduire à leur appartement.

Laissons-les et retournons à New-York assister au débarquement des passagers du paquebot.

———

## V. — A New-York.

Qui n'a pas vu New-York ne comprendra jamais quels développements inouïs peut atteindre l'industrie humaine. Paris est déjà une ville merveilleuse, Londres dépasse Paris en étendue, en population, eh bien, ces deux villes, ces deux capitales du monde civilisé sont laissées bien en arrière par cette cité moderne: New-York!...

Bâtie sur un îlot — l'île de Manhattan — la ville, reliée
à la terre-ferme par des ponts d'une exécution hardie, par-
ticipe à la fois à la civilisation actuelle et à la civilisation
passée. Le long de ses quais de bois, noirs, affaissés, où
se pressent des navires venus de tous les coins du globe,
se trouvent les sombres bureaux, les maisons des vieux
armateurs, basses, branlantes, enfumées, avec leurs
toits énormes, leurs murailles où la brique se mêle au
bois ; les tavernes infectes et suintant le vice par tous les
pores, où les matelots, les portefaix hurlent, se battent, se
grisent à la plus grande gloire de la vieille Amérique :
c'est le vieux New-York.

Plus loin, au contraire, des avenues splendides bordées
de constructions grandes, imposantes, plaquées de statues
brillantes ou ornées de colonnes, de sculptures ; de larges
places décorées de fontaines, de statues ; des parcs
immenses, rendez-vous des équipages des privilégiés de la
fortune ; des théâtres, des palais, des églises, des squares
verdoyants, des faubourgs plus grands que des villes : c'est
la cité moderne.

Le 7 octobre 187... dix jours juste après son départ du
Hâvre, le paquebot transatlantique, le pavillon étoilé flot-
tant fièrement à sa corne, entrait dans l'immense baie de
New-York

Il avait quitté le Hâvre à la nuit tombante ; les brumes
du matin se dissipaient à peine quand il s'arrêta en face de
la *Cité Empire*. Le temps était toujours d'une sérénité admirable, et, grimpés sur la passerelle, les passagers pouvaient admirer, à demi-estompés dans les brouillards dorés
que le soleil levant pompait lentement, les plages basses
de Long-Island, à bâbord, les rivages pittoresques du
connecticut à tribord.

L'immense baie était pleine de murmures et d'anima-

tion ; partout des vapeurs rapides, des voiliers élancés,
des bateaux de pêche aux grandes voiles ouvertes en
ciseaux ; sur les rivages couverts de blanches maison-
nettes que dominaient des phares nombreux, car les brouillards et les tempêtes sont fréquents sur ces côtes tourmen-
tées, le bruit, l'agitation étaient extrêmes : on eût dit le
réveil d'une ruche immense.

Les passagers étaient rendus à destination.

Parmi ceux qui se pressaient au débarcadère, on remar-
quait naturellement nos deux français ; mais cette fois ils
n'étaient pas seuls : trois gentlemen à la tournure aristocratique, aux manières aisées les accompagnaient.

Archibald Loyton, Nichols Godvolke et John Hyllyars
que ses amis appelaient Goliath, sans doute à cause de sa
taille gigantesque, de sa vigueur peu commune, avaient
fait la connaissance de nos amis à la table du paquebot.
Souples, insinuants, possédant les usages de la meilleure
société, prodiguant leur or avec une folle insouciance, ils
n'avaient pas tardé à conquérir toutes les sympathies de
nos deux français

Ils se disaient fils de riches propriétaires des environs
de Nashville dans le Tennessée, et racontaient comment
ayant trop usé de la vie à Paris, dépensé trop largement les dollars paternels, ils se voyaient forcés de
retourner dans leurs familles expier, par quelques mois de
dure pénitence, leurs folies et leurs prodigalités.

Tout cela était dit en riant, avec des airs de million-
naires.

A bord, une confidence en vaut une autre. Nos amis
n'avaient pas caché leurs projets, leurs espérances, et
Aristide, un peu humilié par l'apparence fastueuse de ses
nouveaux compagnons, avait négligemment, et comme

par mégarde laissé voir le contenu de sa valise, une dizaine de mille francs environ.

En apprenant que les deux français se rendaient en Pétrolie, Archibald Loyton s'était écrié :

— Il est fâcheux, très-fâcheux, gentlemen, que nous ne puissions vous accompagner jusque là. Personnellement, je ne connais pas Monsieur Creikfoorth ; mais mon père est en relation d'affaires avec lui. C'est un très-digne gentlemen

— Très-digne ! appuyèrent ses amis.

— Au moins nous donnerez-vous une journée à New-York ?... La ville que nous connaissons admirablement tous trois, vaut la peine d'être vue... même après Paris...

— Soit ! répondirent Hector et Aristide ; mais un jour seulement.

— Entendu...

Voilà pourquoi nos héros se trouvaient — comme nous l'avons dit plus haut — en compagnie des trois américains.

En débarquant, la stupéfaction d'Aristide fut grande. Nourri des plus poétiques et plus pompeuses descriptions de New-York, il s'attendait à rencontrer à chaque pas merveille sur merveille, excentricité sur excentricité, et voilà qu'il n'apercevait que des quais de bois auxquels, il est vrai, s'appuyaient de magnifiques vaisseaux, des maisons basses, noires, aux fenêtres étroitement grillées, un peuple tranquille et se livrant à ses petites affaires sous l'œil bienveillant du policemen et des douaniers.

Où donc étaient les revolvers, les *bowie knifes*, les carabines minces ?

— Ça New-York ! dit-il avec un dédain mal dissimulé, j'ai la berlue ou mes auteurs étaient diablement enthousiasfes. C'est sale, c'est laid, ça ressemble à tous les ports de commerce connus et inconnus...

Archibald qui pendant ce temps avait fait charger les bagages sur les *cars* (1) de noirs portefaix et leur avait donné l'adresse d'un hôtel connu de lui, s'approcha aux dernières paroles du sceptique parisien.

— C'est que tous les ports de commerce se ressemblent, dit-il. Wagons, charrettes, docks, quais, grues, etc., tout cela existe forcément, plus ou moins beau, ce qui n'est rien, plus ou moins étendu, ce qui est tout, car la richesse se révèle non dans le luxe du matériel, mais dans son importance. Attendez et vous changerez d'avis.

— Soit !

Quelques minutes après, les voyageurs entraient dans le Broadway. Cette rue immense qui traverse entièrement New-York apparaissait large, spacieuse, toute fourmillante de voitures, de cavaliers, toute bordée de maisons à l'architecture capricieuse, représentant parfois ces immenses cubes de pierre si régulièrement percés dont s'honore Paris, parfois aussi des façades ornées du fronton grec, des palais, des hôtels fouillés, sculptés, décorés d'arabesques, de statues, de balcons surplombant que dominaient les coupoles, les clochetons, les aiguilles des églises.

Des rues nombreuses et régulièrement espacées coupaient à angles droits cette artère géante.

Un jour radieux versait à profusion ses rayons de feu qui faisaient flamboyer comme des plaques de vermeil les millions de glaces des magasins et des fenêtres, étinceler les dorures des enseignes, et tremblotaient au faîte des édifices. Dans cette conflagration d'or et de lumières, de

(1) Chariots.

sombres parties s'accusaient en larges plaques noires qui faisaient ressortir plus nettement les mille détails qu'éclairait un soleil de feu.

Cette fois Aristide ne trouvait plus que New-York ressemblait à une sous-préfecture de troisième ordre.

— Eh bien ! que vous en semble ? lui demanda Nochols Godvolke avec un sourire railleur.

— Superbe ! fit-il.

Puis, voulant racheter cette exclamation involontaire, il ajouta avec une légère pointe de chauvinisme :

— Mais ça ne vaut pas Paris.

On le laissa dire.

Vouloir visiter en détail une ville comme Paris, Londres ou New-York en un seul jour, serait de la folie ; mais on peut au moins jouir des grands ensembles. C'est ce que comprirent les Américains. Tour à tour ils promenèrent leurs hôtes, à pied d'abord, en voiture ensuite à travers le Broadway, les gigantesques avenues qui déversent constamment leurs flots de peuple dans l'artère immense, les squares merveilleux : Union où se dressent les statues du fondateur de la République américaine, Georges Washington, et du président Lincoln, dont on connaît la fin déplorable ; Madison Square et Washington-Square ; ils virent le *Central-Parck* alors délaissé par ses élégants habitués, les théâtres, les banques, les temples et les églises.

On avait déjeuné sommairement dans un petit hôtel. Vers quatre heures, nos amis invitèrent le cocher qui les conduisait à trotter vers l'hotel où, le matin même, les bagages avaient été déposés.

— Et ce soir, dit Archibald avec un charmant sourire, nous irons à l'Opéra écouter de célèbres artistes, presque tous vos compatriotes.

Quoique brisés, harassés, anéantis par cette journée de

courses incessantes sous un soleil implacable, Aristide et Hector acceptèrent la proposition de l'Américain.

L'hôtel où ils étaient descendus, un des moins luxueux de New-York, était cependant coquet et confortable. Le service de la table et des chambres était fait par des nègres dont la race fourmille dans la cité empire et qui, depuis l'émancipation, ont accaparé presque tous les emplois domestiques. Les lits étaient bons, la table passable, les serviteurs bien stylés, en somme un gîte assez agréable.

Nos amis dînèrent à table d'hôte. De même que les Anglais, les Américains sont de grands mangeurs et regardent peu à la qualité pourvu qu'ils aient la quantité ; aussi la table disparaissait sous une multitude de mets empruntés à tous les pays ; mais dans les carafes du plus pur cristal, on n'apercevait que de l'eau d'une limpidité parfaite, il est vrai, mais de l'eau seulement. Nos amis qui ne faisaient partie d'aucune société de tempérance, se firent apporter pour arroser leur plantureux repas quelques bouteilles de *claret*, le vin le plus communément bu aux États-Unis.

Au dessert nos jeunes hommes se trouvèrent seuls à table.

— Du champagne! du champagne, messieurs, fit Archibald, et chacun sa bouteille.

— Hurrah!... All right!... crièrent nos amis en apercevant les bouteilles casquées d'argent, à l'étiquette bien connue, qu'un *waiter* (1) portait avec respect sur un plateau d'argent. Hurrah ! pour la libre Amérique!...

Et des flots dorés et mousseux pétillaient dans les coupes de cristal, et on riait, on chantait même — chose horrible

(1) Nègre.

en Amérique. La gaieté des Français était sincère ; les
Américains, au contraire, ne riaient que du bout des lèvres
et se parlaient fréquemment à l'oreille.

— Il est temps de partir, dit tout à coup Nichols, en se
levant brusquement ; nous allons commander la voiture et
régler la dépense.

Ils sortirent tous trois.

— Eh bien ! dit tout à coup Aristide à Hector, comment
trouves-tu nos nouveaux amis ? Charmants, n'est-ce pas ?
Quel dommage qu'ils ne puissent nous accompagner, car
la vie chez ce digne *Craquefort* doit être d'une monotonie
désespérante.

— Ce sont de vrais gentlemen, répondit Hector. Mais
je ne sais ce que j'éprouve, continua-t-il en portant la
main à son front ; je me sens accablé de sommeil ; une
torpeur étrange s'empare de tout mon être ; je ne vois
plus.....

— Nous avons trop fêté le champagne, trop couru sous
le soleil, fit Aristide en bégayant. Mais ce n'est rien, l'air
frais de la nuit dissipera tout cela.

Dans le salon voisin, les trois Américains froids et
corrects comme s'ils parlaient de choses indifférentes,
avaient une conversation bien autrement instructive.

— Est-ce fait ? disait Nichols à l'oreille d'Archibald.

— Oui, j'ai, sans qu'ils s'en aperçoivent, versé quelques gouttes de laudanum dans leurs verres. La musique,
les lumières, le bruit les achèveront. Ils sont à nous...

— Et demain, quand Goliath ira les réveiller pour le
départ, nous roulerons dans la direction d'Harrisburg,
ricana Nichols. Mais surtout, acheva-t-il en se tournant
vers le géant, ne les perds pas de vue une seule minute.

— Soyez tranquille, je leur ferai voir du pays ! répondit
Goliath avec un sourire sinistre.

## VI.— Comment Aristide et Hector, s'endormant à New-York ne se réveillèrent qu'à Washington.

Le jour allait paraître.

Les premiers rayons du soleil, tamisés par d'épais rideaux, éclairaient à peine d'une lueur douteuse la chambre de nos amis, quand John Hylliars, que ses complices appelaient Goliath, entra brusquement.

— Debout, gentleman ! dit-il, debout, le train part dans une heure.

Peine perdue ! Hector et Aristide ne l'entendaient pas. Ils dormaient d'un sommeil de plomb.

Goliath sourit et avisant sur une table une carafe pleine d'eau, il aspergea d'une douche copieuse et glacée le visage des dormeurs qui se réveillèrent aussitôt.

— Le train va partir, gentleman, reprit Goliath ; il est temps de vous préparer.

— Diable ! fit Aristide en s'habillant prestement, il n'y a pas de temps à perdre. Mais où sommes-nous donc ici ? Je ne me souviens plus de rien... que s'est-il passé ?

En même temps il s'approcha d'une glace, mais il recula épouvanté de lui-même : son visage était pâle et défait, ses yeux avaient perdu tout éclat, sa parole était devenue pâteuse et embarrassée.

— Peu de chose, dit Goliath répondant à sa question ; vous vous êtes endormis au théâtre et nous avons été obligés de vous faire transporter ici.

Le front d'Hector se rembrunit.

— Joli début!... murmura-t-il.

— Oh! reprit l'Américain, c'est bien compréhensible. Il faut être bâti à chaux et à sable ou Yankee pur sang pour s'accommoder de prime abord à la vie de New-York. A peine débarqués, au lieu de vous reposer, vous avez couru la ville, à pied, sous un soleil torride, dîné à table d'hôte, assisté à une représentation théâtrale... c'est, croyez-moi, plus qu'il n'en faut pour abattre un homme... les premiers jours ; après on s'y fait...

— Vous soulagez ma conscience d'un poids terrible, estimable Yankee, murmura Aristide. Donc nous n'étions pas gris... donc l'honneur est sauf...

Tout en causant les deux amis s'étaient habillés tant bien que mal. Quoique Goliath dit touchant l'habitude, ils sentaient qu'ils ne se feraient jamais à une telle vie. La tête leur pesait comme du plomb, leurs membres avaient perdu toute élasticité ; c'était à peine s'ils pouvaient rassembler quatre idées.

Aussi Goliath n'eut-il aucune peine à les entraîner. Une voiture attendait à la porte déjà chargée des bagages ; Goliath y fit monter les deux amis, et après avoir donné ses ordres au cocher, prit place à leurs côtés.

La voiture filait déjà au grand trot ; moins d'un quart d'heure après, elle s'arrêtait devant une gare monumentale.

Hector et Aristide, encore abrutis, envahis par une somnolence invincible, faillirent perdre la tête entourés qu'ils étaient d'une foule nombreuse criant, hurlant, assiégeant les portes de la station. L'Américain, citoyen libre, est son maître partout ; aussi le public, fort mélangé, ne se gênait-il nullement, et, en vertu du vieil adage :

« Aux premiers les meilleures places, » se bousculait se poussait sans souci des voisins.

Les coups de coude et même les coups de poing pleuvaient comme la grêle au mois de mars.

Mêlés à la foule, de nombreux picks-pokets se livraient tranquillement à leur honnête industrie, explorant les poches des voyageurs, coupant les chaînes de montres, les bretelles des sacoches malgré les policemen aux yeux inquisiteurs, malgré les énormes affiches ainsi libellées : BEWARE THE PICK-POKETS (1) qui s'étalaient partout.

Les machines hurlaient, sifflaient avec un bruit strident.

— Nous ne pourrons jamais nous en tirer! murmura Aristide à l'oreille d'Hector.

— Heureusement que notre bon ami Hylliars est là.

L'Américain était là en effet. Dépassant ses amis de la tête, il allait de l'avant lancé comme un boulet, jouant des coudes et des poings, leur ouvrant un large passage dans la foule qui s'écartait pleine de respect devant sa vigueur athlétique.

Ce fut lui qui les installa commodément dans un wagon, qui fit enregistrer les bagages, qui leur recommanda de veiller à tous et à tout.

— Les filous ne manquent pas ici ! dit-il en riant ; aussi prenez garde à vos valises.

— Et les bagages ?

— Je m'en charge.

— Que de reconnaissance nous vous devrons ! dirent les deux français avec gratitude.

— Vous vous êtes confiés à moi ; il est donc de mon devoir de vous épargner jusqu'à l'ombre d'une contrariété,

(1) Prenez garde aux voleurs.

de vous décharger de tout ennui, fit-il avec un singulier sourire. Et puis je présume que, à Paris, vous en eussiez fait toutautant pour moi.

Pour toute réponse ils tendirent leurs mains au géant qui les secoua à l'américaine, c'est-à-dire à leur désarticuler les épaules.

Cependant le train, remorqué par deux machines, une en tête, l'autre en queue, s'était mis en marche brûlant les rails avec une vélocité infernale.

Le wagon était plein à déborder. De jeunes misses rieuses, émancipées caquetaient gaiement avec leurs frères, leurs cousins, leurs fiancés mêmes; de respectables dames froides et gourmées, des gentlemen respectables et flegmatiques; des clergymen respectables et respectés contemplaient distraitement le paysage où s'abîmaient dans la lecture du *New-York Hérald*, tandis que de vrais Yankees voyageant pour leurs affaires parlaient bruyamment lin, coton, cuir, bourse, pétrole, tout en lançant à chaque minute sur le parquet ciré d'énormes jets de salive infectée de tabac.

Il est défendu de fumer dans les compartiments ordinaires, les fumeurs ayant des wagons spéciaux; mais les braves Américains pour cela ne se privent pas de tabac; ils le prennent sous une autre forme, voilà tout.

Etourdis par cette faconde bruyante et peu instructive, les deux français cédèrent à la fatigue qui les étreignait toujours et s'endormirent profondément.

— Dormez, mes chers amis! dormez! murmura Goliath avec son étrange sourire. Puisse le sommeil vous accorder d'heureux songes, car le réveil sera terrible.

Et pour se mettre à l'unisson de ses compagnons, il fourra dans sa bouche une énorme chique, et, dépliant un journal, parut se plonger dans une lecture intéressante.

L'aménagement et la disposition des wagons sont tout autres sur les lignes de l'Union américaine que sur les lignes européennes. Nous en reparlerons plus loin avec plus de loisir.

Le convoi filait toujours brûlant les stations de peu d'importance, s'arrêtant ici dans les villes; franchissant là les fleuves et les rivières sur des ponts hardis, serpentant comme un long reptile au milieu des collines et des montagnes. A chaque arrêt une partie des voyageurs descendait; d'autres montaient et les compartiments étaient toujours au complet.

Nos amis continuaient à dormir. Il fallut que Goliath les réveillât pour leur faire prendre quelque nourriture.

— Où sommes-nous! demanda Hector en se frottant les yeux.

Goliath jeta un nom au hasard, puis reprit :

— Ça, déjeunons.

— Vous avez apporté des provisions? demandèrent Hector et Aristide.

— Oh! une volaille froide, des huîtres et quelques bouteilles de vieux bordeaux seulement.

— Excellente idée! approuva Hector. Mais dites-moi, je croyais qu'en Amérique, un wagon cuisine suivait le train et que sans se déranger on pouvait se faire apporter la carte et déjeuner tout aussi bien qu'au café Riche ou chez les frères Provençaux?

— C'est vrai; mais pour la ligne du Pacifique seulement où les stations sont éloignées les unes des autres, mal approvisionnées, presque toujours. Mais ici où la ligne est bordée de villes, de stations importantes, où on peut descendre presqu'à chaque instant, de telles précautions contre la famine seraient puériles. On se contente de vendre des fruits, des biscuits, des rafraîchissements et des journaux.

Tout en parlant, Goliath avait ouvert sa valise, coupé et distribué sa volaille sur de minces tranches de pain. Les deux français firent largement honneur à ce repas improvisé, puis, après avoir échangé quelques paroles, feuilleté les pages d'une revue illustrée, retombèrent dans cette somnolence léthargique à laquelle Goliath, stylé par ses dignes amis, n'était pas étranger.

De temps à autre les employés, grâce aux passerelles qui existent des deux côtés du train et font communiquer tous les wagons, faisaient invasion dans les compartiments et se faisaient montrer les tikets. Dans ces occasions, avec une délicatesse extrême, Goliath, plutôt que de réveiller ses amis, répondait pour eux et pour lui.

Le train filait toujours avec un allure infernale. Il dépassa Trenton, sur la Delaware, Philadelphie fondé par Williams Pen, le chef de la secte des Quakers, Baltimore situé au fond de la baie de Chesapeake, et, brûlant les stations intermédiaires, s'arrêta à Washington, la capitale de l'Union américaine.

Nos deux amis, pendant ce long voyage, n'avaient fait pour ainsi dire qu'un somme, chose qui paraîtrait extraordinaire si on ne savait que Goliath usait ou plutôt abusait fréquemment du contenu d'un petit flacon qu'il portait caché dans sa manche. L'Américain était leur seul guide. C'était lui qui répondait aux employés de gare, qui montrait les billets à chaque réquisition, qui s'occupait de tout enfin. Ils étaient entre ses mains comme des corps sans âme.

La trame était bien ourdie.

Aussi grande fut leur stupéfaction, quand un contrôleur vint brusquement les secouer avec cette poigne américaine qui n'a d'égale au monde que la poigne anglaise, en leur disant :

— Vous êtes arrivés.

— Arrivés ! balbutia Hector. Où sommes-nous donc ?

— A Washington.

— A Washington ! mais non, c'est impossible !... Nous nous rendions en Pensylvanie....

— Alors vous avez fait erreur gentleman, et il ne vous reste plus qu'à retourner sur vos pas. Vous tournez le dos à New-York.

— Encore une fois, c'est impossible... Expliquons-nous raisonnablement.

L'employé plia les épaules d'un air qui signifiait clairement :

— Je ne demande pas mieux...

— Une erreur de notre part serait compréhensible, continua Hector. Mais le gentleman qui nous accompagnait, un américain pur sang, ne pouvait se tromper à ce point.....

— Oui, mais où est-il ? fit brusquement Aristide.

En effet, l'Américain avait disparu.

La situation se corsait.

— Que veut dire ceci ? murmura Hector d'un ton plein de stupeur. Mais c'est vrai, poursuivit-il en voyant le tiket passé dans le ruban du chapeau d'Aristide, nos billets portent bien Washington !...

— Alors nous avons été victimes d'une stupide mystification..., soupira Aristide.

— Ou d'infâmes bandits... Oh !...

Cette exclamation lui était arrachée par une nouvelle

déception. Torturé par un soupçon atroce, il ouvrit la
valise qu'il portait à son côté : argent, papiers, tout avait
disparu, seulement, comme un adieu ironique du bandit,
des journaux froissés, salis, remplaçaient les espèces et
les titres volés...

Au cri d'Hector répondit un cri semblable d'Aristide :
lui aussi, il venait de constater qu'on l'avait audacieuse-
ment dépouillé.

— Que devenir ?

— Ce qu'il plaira à Dieu, répondit Hector, aussi découragé que lui ; il est notre seule sauvegarde...

Et tous deux levèrent les yeux au ciel comme pour y
chercher une inspiration.

## VII. — A Washington.

Washington, la capitale des États-Unis, s'élève au
centre d'un vaste plateau arrosé par une petite rivière : le
Potomac.

La ville où siégent les congrés, où résident le Président
de la République, les ministres, les sénateurs, les représentants et tout le personnel administratif, la métropole
enfin, est froide, majestueuse et comme emmitouflée dans
sa dignité même. On n'y trouve pas ce bruit, cette animation fiévreuse, ce mouvement perpétuel qui font ressem-
bler New-York, Boston, Philadelphie, Providence, etc...,

à autant de ruches merveilleuses. On dirait que les fon-
dateurs de la capitale ont exprès recherché le calme, le
recueillement pour se livrer uniquement à la tâche écra-
sante qui leur incombait : gouverner un grand peuple...

Ils ne pouvaient mieux choisir. Les environs de
Washington, frais, agrestes, présentant à chaque pas des
paysages, des sites toujours nouveaux, toujours variés,
portent naturellement l'âme au recueillement, préparent
l'esprit aux grandes conceptions. L'influence des choses
extérieures agit toujours puissamment sur les esprits
supérieurs ; c'est une vérité qui n'a pas besoin d'être
démontrée.

La ville est vaste, régulière, et contiendrait le triple de
sa population actuelle. On voit que les siècles n'ont pas
passé sur elle, qu'elle ne date pour ainsi dire que d'hier.
Pourtant les Américains professent pour leur capitale plus
de respect peut-être que les Français pour Paris.

Il faudrait un volume pour décrire en détail toutes les
splendeurs de la jeune métropole, et notre cadre ne nous
permet que quelques lignes. Nous passerons donc rapidement au milieu de ses avenues larges et régulièrement
percées, devant ses maisons de pierre et de marbre ornées
de pilastres, de chapiteaux, de statues dans le style grec,
près de ses gracieux *cottages* cachés sous l'ombrage épais
de leurs immenses jardins ; nous saluerons en passant les
églises monumentales, et nous nous arrêterons un moment
devant le Capitole, palais peut-être unique au monde et
devant lequel, malgré lui, le voyageur demeure étonné, ne
comprenant pas comment la main de l'homme a pu remuer
ces pierres énormes, élever ces portiques, ce dôme splendide qui semble aérien, tant paraissent sveltes les colon-
nades qui le soutiennent...

C'est au Capitole que siégent les congrès.

4

Plus que le nouveau, le vieux Capitole attire le regard ;
car pour l'artiste, le poète, cette construction, sans importance pourtant, est une page éloquente du passé, et il
suffit de s'en approcher pour évoquer les flots des souvenirs historiques.

N'oublions pas quelques monuments qui ont une grande
importance : White House (1), la résidence du Président
de la République, perdue dans un parc ombreux ; les
ministères, les bourses, les banques, institutions de
l'État, etc., etc...

Washington est naturellement le séjour obligé des
ministres, sénateurs, députés, hauts fonctionnaires,
officiers, employés de toutes sortes attachés aux diffé-
rentes administrations. C'est aussi la résidence aimée de
ces favoris de la fortune pour qui la vie n'est qu'une fête
perpétuelle, des artistes, des journalistes, des hommes les
plus en vue du nouveau continent.

C'était donc à Washington que le hasard, ou plutôt
Goliath, avait conduit nos deux français.

Ils marchaient côte à côte, lentement, fort mélanco-
liques, et surtout fort honteux de s'être laissés si bêtement
duper.

Aristide enfin s'arrêta.

— Quelle honte ! dit-il avec un geste mélodramatique,
quelle honte ! Nous, des parisiens pur sang, des hommes
faits à tous les *trucs*, à toutes les roueries, nous nous
sommes laissés prendre comme des grives à la glu de l'oi-
seleur, nous avons *coupé* dans les singeries de ces coquins !..
Ils étaient forts, ces bandits !!...

— Oui, ils étaient forts !... murmura Hector. Je comprends maintenant. Ce qui nous est arrivé provient tout

(1) La maison Blanche.

simplement d'un plan arrêté sur le paquebot : cette pro-
ménade à travers New-York, ce dîner plantureux, cette
soirée au théâtre, tout cela n'avait qu'un but : nous
énerver pour rendre plus facile l'exécution de leur infâme
projet...

—Ajoute que suivant toutes probabilités, ils ont fourré
une drogue quelconque dans notre boisson.... je me souviens en outre de certains cigares sentant fortement
l'opium.

—Bien joué! dit encore Hector avec un mélancolique
sourire ; sot qui s'y laisse prendre...

—Notre argent les tentait fortement ; mais pourquoi
nous prendre nos papiers?... Ils ne veulent pas, j'imagine, parader sous nos noms dans les salons de New-
York?...

—Oh! murmura Hector mordu au cœur par un soupçon
subit ; si c'était...

—Qu'as-tu? interrompit Aristide frappé de l'altération
des traits de son ami.

—Oui, c'est bien cela... Les misérables!... N'as-tu donc
pas compris? Ces hommes, j'en suis sûr, connaissent les
motifs qui m'amènent en Amérique... Ils m'ont suivi
résolus à se substituer à moi... Oui, c'est cela, comment
n'y avais-je pas songé plus tôt?... S'ils n'avaient voulu
que nous voler, pourquoi ne pas l'avoir fait à New-York?..
pourquoi nous avoir conduits ici? pourquoi nous prendre
nos papiers?...

—Malédiction!... Mais ce n'est pas praticable... Ils se
feront démasquer...

—Ichabod Creikfoorth ne m'a jamais vu.

—Que faire alors?...

—Nous recommander à notre ambassadeur... Mais sans
preuve, sans rien pour établir notre identité, il peut nous

prendre pour des chevaliers d'industrie, nous retenir peut-être, et nous avons besoin de notre liberté pour confondre les imposteurs, pour les arrêter dans leur œuvre infâme... Oh! si nous possédions seulement quelqu'argent...

— Eureka! cria triomphalement Aristide qui, machinalement avait palpé les poches de son veston et avait senti son portefeuille. Le bandit a eu la gracieuseté de me laisser cent... deux cents francs...

— Alors envoyons vite à l'oncle Creikfoorth un télégramme qui le mette au courant de notre situation.

— A ton tour tu dis là une pauvreté. S'il est vrai que les bandits aient voulu se substituer à nous, ils doivent être déjà dans la place, et pas une lettre, pas un télégramme n'y entrera sans avoir passé par leurs mains. Ce serait perdre du temps, de l'argent et les mettre sur leurs gardes. Rusons. Nous possédons deux cents francs, au besoin nous vendrons nos montres, nos bagues, c'est de quoi vivre quelques jours. Pendant ce temps nous aurons télégraphié à Paris, demandé de l'argent, les papiers qui nous sont indispensables — et ce sera toutes preuves en main, accompagnés d'un constable et d'une douzaine de policemen que nous irons débusquer les bandits de la position qu'ils ont usurpée.

Ce raisonnement ne manquait pas de logique. Se mettre sous la protection du représentant français, avertir par dépêche l'oncle Creikfoorth du coup qui se tramait contre lui, tout cela de prime abord paraissait très-facile. Mais en y réfléchissant bien, l'idée d'Aristide n'était pas non plus dépourvue de fondement. Ils se trouvaient à Washington, c'est-à-dire dans la ville aimée des chevaliers d'industrie, et sans argent, sans papiers, sans rien qui pût appuyer leur dire, ils pouvaient facilement être

pris pour des imposteurs ; d'un autre côté, la maison de
l'oncle Ichabod pouvait être, sinon occupée par les gredins,
du moins étroitement surveillée, et dans de telles condi-
tions, un télégramme avait peu de chance de parvenir à sa
destination.

— Mais il faudra attendre ! soupira Hector.

— Quinze jours à peine. Allons, viens au télégraphe
adresser ta dépêche à ta mère pendant que j'en rédigerai
une autre pour mon banquier.

Mais il fallait se renseigner. Par bonheur passait en ce
moment un respectable gentleman tout vieux, tout cassé,
vêtu de noir et portant des lunettes bleues, comme un
ministre (1). Aux premiers mots des deux français, il se
mit gracieusement à leur disposition et les conduisit au
plus proche bureau télégraphique.

Charmés de sa politesse, les jeunes hommes le remer-
cièrent et rédigèrent un court récit de leurs infortunes,
sans s'apercevoir que le respectable vieillard lisait par
dessus leurs épaules.

Les taxes de la Compagnie du Cable transatlantique
sont élevées, et après avoir soldé au bureau, Aristide
et Hector constatèrent avec douleur qu'il leur faudrait
bientôt recourir au triste expédient de vendre ou d'engager
leurs montres.

— Maintenant, dit Hector, il nous faut chercher un
gîte. Mais où ?

Le vieux gentleman ne les avait pas encore quittés.
Pleins de confiance en son aspect vénérable, en ses cheveux blancs, ils lui soumirent cette nouvelle difficulté. Le
bonhomme hocha la tête en souriant.

— Si vos ressources sont limitées, dit-il, ne cherchez

(1) Membre du clergé.

pas dans Washington même. La moindre journée à l'hôtel
vous coûterait quatre ou cinq dollars. Mais suivez-moi, je
vais vous conduire à Georgetown, dans une petite taverne
très-propre, très-confortable où mangent les petits employés des ministères et où vous ne serez pas par trop
écorchés.

Et tout courbé, tout cassé qu'il était, il se mit à marcher allègrement à côté des deux jeunes gens, s'appuyant
sur sa canne à pomme d'ivoire, riant dans sa barbe à
chaque saillie qui leur échappait, car ils avaient compris
qu'il fallait, sinon oublier, du moins faire trève à leurs
préoccupations.

La journée était belle et dans les rues, dans les squares
ombreux, une foule de gentlemen, de dames aux toilettes
tapageuses se promenaient gravement les uns à pied, les
autres emportés dans d'élégants équipages. Les commer-
çants, les banquiers, les industriels de toutes sortes, au
contraire, allaient et venaient fiévreux, agités, des liasses
de papiers sous le bras. Qu'importait à ceux-là, dévorés
par la fièvre du lucre, que le soleil fût brillant, que le
Potomac coulât limpide et tout poudré de paillettes d'or
entre ses rives pittoresques, que les ombrages des parcs
et des squares fussent touffus et pleins de fraîcheur : les
affaires ! tel était le but de leur course effrénée...

Enfin on arriva à Georgetown.

Situé sur le Potomac aux eaux profondes en cet endroit,
au fond d'un petit Hâvre bien abrité, Georgetown est le
faubourg ou plutôt le port de Washington. La tranquillité
est presqu'aussi grande sur cette plage pittoresque que
dans la métropole même; cependant au milieu des habitations aux murs de briques blanches et rouges, aux
volets verts, on remarque des boutiques, des tavernes
fréquentées par les pêcheurs, les matelots du commerce

dont les navires reposent à l'ancre au fond du petit hâvre.

Le vieillard s'arrêta en face d'une de ces tavernes basse, petite, mais d'aspect réjouissant avec ses murailles aussi blanches que du lait, ses grandes fenêtres aux vitres brillantes autour desquelles serpentaient les capricieux festons d'une vigne vierge.

Cette taverne, à l'enseigne du *Grand Washington* dont on voyait le portrait équestre, affreusement barbouillé sur une plaque de tôle, était tenue par Betty Cramps bien connue des matelots qui, tous, lui faisaient la cour, — car elle avait du bien, — mais c'était sans succès. La brave femme avait déjà enterré deux maris et refusait d'en prendre un troisième, disant qu'elle était bien assez grande pour se conduire elle-même.

— Entrez là, gentlemen, dit le vieillard ; je présume que vous n'aurez pas à vous en repentir. Je vous aurais bien moi-même recommandés à la bonne Betty Cramps ; mais la Société de tempérance dont je fais partie me défend de mettre les pieds dans une taverne. Adieu, et que l'Éternel vous assiste...

Hector et Aristide entrèrent après avoir chaleureusement remercié leur guide. A peine avaient-ils disparu au fond de la grande salle que le vieux gentleman arracha ses lunettes, redressa sa taille courbée, et, jetant au loin sa canne inutile, s'éloigna à grands pas.

— Allez, mes petits agneaux ! murmura-t-il avec un sourire cynique sur les lèvres ; allez, vous n'êtes pas au bout de vos mésaventures, je vous tiens bien et vous réserve encore plus d'un tour de ma façon...

Si les jeunes hommes avaient assisté à cette transformation soudaine, ils auraient reconnu Goliath...

## VIII. — Où la situation se complique pour les bandits de la villa Creikfoorth.

Sans soupçon, le vieux Ichabod Creikfoorth avait accueilli Archibald Loyton comme s'il était son neveu véritable. Les ordres les plus larges avaient été donnés à son égard : plus que le vieillard, il était le maître dans la maison.

Assisté de son digne complice, Nichols Godvolke, il en usait largement. Pleins de respect, en apparence du moins, pour le vieillard, les coquins profitaient néanmoins de la grande liberté qu'il leur accordait pour vivre à leur guise. L'oncle Ichabod ne pouvait guère quitter sa chambre et recevait peu : le ministre du village voisin, un vieux capitaine de navire, quelques propriétaires des environs et leurs familles composaient son cercle habituel.

Deux fois par semaine toute cette société se réunissait dans le grand parloir où le vieillard se faisait porter, et tout en buvant du thé pur et parfumé, en croquant des *crakers* (1), on faisait une partie de wist ou de boston, on parlait huile, coton, céréales, etc...

Parfois, mais rarement, une jeune miss se mettait au piano accompagnant un chanteur du cru. Généralement, cependant, on s'en tenait à une causerie amicale entremêlée de nombreuses parties de cartes.

(1) Biscuits légers.

Sauf ces réunions qu'ils ne pouvaient éviter, les deux hommes étaient maîtres absolus de leur temps.

Un fusil sous le bras, ils s'en allaient le long du fleuve, sous prétexte de chasser les oiseaux aquatiques, en réalité pour pouvoir se concerter à l'aise sans crainte d'être entendus, ou bien, nonchalamment couchés dans une petite voiture que traînaient deux merveilleux poneys, ils visitaient les environs, bien reçus partout grâce à leur titre de parents d'Ichabod Creikfoorth.

C'est ainsi qu'ils visitèrent les principaux centres du pétrole ; qu'ils assistèrent à l'épuration de l'huile minérale, qu'ils virent percer des puits au moyen de gigantesques forets mus par la vapeur ; qu'ils virent enfin des bourgs, des villages se créer comme par enchantement là où quelques jours auparavant n'existait qu'un terrain inculte et sauvage.

C'est que maintenant les nouvelles sources que l'on découvre sont ordinairement éloignées des grands centres, et l'Américain, toujours pratique, calcule sagement que le temps qu'il lui faudrait employer pour se rendre à son travail et en revenir est de l'argent perdu. Times is money. Aussi le puits à peine foré, les baraques destinées à protéger les machines à vapeur à peine établies, il élève autour de simples maisons de bois dont le nombre s'accroît sans cesse et qui finissent par couvrir une grande étendue de terrain.

A la suite des ouvriers accourent les fournisseurs de toute espèce sans lesquels ils ne pourraient vivre. Le village est alors définitivement fondé : dans quelques années, des maisons de brique, un *City-Hall*, (1) un temple, un presbytère, un théâtre peut-être remplaceront les

_____
(1) Maison de ville.

huttes de bois ; des railways courront sur le sol et l'Union américaine comptera une cité de plus, à moins que, ce qui arrive souvent, les puits se tarissant, il ne faille aller chercher fortune ailleurs.

C'est une rude population que celle de la Pétrolie, car il faut être robuste et solide pour se livrer impunément à la pénible exploitation de l'huile minérale. Cependant si grossiers, si sauvages qu'ils paraissent, ces hommes sont honnêtes, sobres, hospitaliers, et, sur leur territoire, il ne se passe aucune de ces scènes révoltantes, hideuses qui ont rendu la Californie si tristement célèbre.....

Archibald et Nichols se plaisaient à cette existence errante, vagabonde. Mais ce qui avait plus de charmes à leurs yeux, c'étaient les longues haltes dans les *log-cabin* (1) des bûcherons au fond des bois perdus. Là, leur imagination pouvait se repaître à satiété de récits merveilleux, car les bûcherons ont fait presque tous les métiers et sont nomades par goût et par nécessité. Aussi, que de récits sur tous les états de l'Union américaine depuis les rives de l'Atlantique jusqu'à celles du Pacifique ! qu'elle fièvre quand ces enfants perdus de la civilisation racontaient leurs longues luttes avec les Indiens, les tours pendables qu'ils avaient joués aux autorités des petites villes de l'extrême nord, leurs chasses merveilleuses, leurs orgies, leurs folies ; quelquefois pis encore : attaques à main armée, arrestations de chemins de fer, de diligences...

Et pendant ces récits imagés, vivants, le gin, le wiskey coulaient à flots...

— Quel bon temps ! disait Archibald en se frottant

_____

(1) Cabanes de bûcherons.

les mains. Cette vie oisive est ce qu'il nous faut.

— Hum! les autres m'inquiètent!... Et pas de nouvelles de Goliath!

— Patience! « Pas de nouvelles, bonnes nouvelles! » disent les Français.

— Pourtant, reprit Nichols, un coup de bowie knife bien appliqué eût mieux assuré notre tranquillité...

C'était l'idée fixe du sinistre gredin.

— C'était tout perdre, veux-tu dire, *my dear*...

— Non! continua Nichols avec une énergie croissante. A quoi nous sert d'être dans la place si nous risquons d'en être chassés d'un moment à l'autre? Pouvons-nous vivre avec une pareille menace éternellement suspendue sur nos têtes? By God! nous serions de jolis garçons s'ils revenaient se mettre en travers de notre chemin!...

— Ils n'ont aucune preuve...

— Ils en trouveront.

— Alors, *my dear;* nous aurons réalisé l'héritage et nous serons loin d'ici.

Cette conversation avait lieu le long du Susquehanna dont les eaux aux derniers feux du jour avaient cette couleur jaune, limoneuse qui annonce une tempête. Le petit panier conduit par un nègre volait plutôt qu'il ne courait sur la route poudreuse. Pour plus de sécurité les bandits causaient en français, langue dont le pauvre Sam, le cocher, ne comprenait pas un traître mot.

— Fouettez vos chevaux, Sam, et brûlez la route, dit tout à coup Archibald qui sentit une large goutte de pluie tomber sur sa main dégantée; nous allons avoir de l'orage...

Soudainement en effet le ciel s'était obscurci : à la pourpre éclatante et dorée d'un beau coucher de soleil succédaient des voiles opaques et frangés de traits de feu ;

la pluie tomba bientôt en crépitant sur les eaux glauques et agitées du fleuve......

Les petits coursiers des prairies excités par la voix et le fouet du conducteur dévoraient la distance, hennissant, se cabrant quand un éclair venait à déchirer la nue. Sur le fleuve déjà assombri, les *ferry-boats* (1), les steamboats (2), les mille embarcations de plaisance se hâtaient de gagner les criques pour s'abriter.

La nuit se fit bientôt noire et profonde, mais par moments splendidement illuminée par des éclairs nombreux.

Les chevaux avaient conservé leur allure fantastique. On approchait déjà du cottage quand, tout à coup, une ombre se dressa sur le revers du chemin et une voix nazillarde murmura :

— Que le Seigneur assiste vos seigneuries ? Existe-t-il dans les environs une hutte, un village où je puisse goûter à la fois et le repos du corps et le repos de l'esprit ?...

Sam avait aussitôt arrêté ses chevaux, plein de respect pour cet homme qui ne pouvait être qu'un ecclésiastique, car il avait l'habit noir et le parler chevrotant des *mangeurs de psaumes.*

Archibald impatienté répondit qu'il ignorait.

— Jeune homme, dit le Révérend gravement, gardez vous de l'impatience, car l'impatience conduit à la colère, et la colère est un des sept péchés capitaux, une des sept redoutes où l'esprit malin se tient embusqué !... Le Seigneur a dit : « Nourris ceux qui ont faim, désaltère ceux » qui ont soif, soulage ceux qui sont fatigués. » Or...

---

(1) Bacs à vapeur.
(2) Bateaux à vapeur.

—Dieu me damne! il va nous faire un sermon, et par un temps pareil encore! murmura Nichols effrayé.

Et d'un ton plus radouci :

— Mon Révérend, dit-il, il pleut, il fait nuit, il tonne, triste temps pour prêcher... Je présume donc que vous serez bien plus à votre aise au coin d'un bon feu pour continuer votre homélie. Si vous êtes en peine d'un gîte, acceptez l'hospitalité que nous vous offrons de bon cœur. Autrement, bonsoir !...

Comme s'il n'avait attendu que ce moment, le Révérend grimpa lestement dans la voiture, et s'adressant à Sam :

— En route, mon frère! dit-il, cependant ne maltraite pas tes chevaux : ce sont des créatures de Dieu. Pour ma part, j'aimerais mieux être trempé jusqu'aux os que de souffrir une pareille abomination.

Ce disant, il s'installa le plus commodément qu'il pût au fond de la voiture.

Moins d'un quart d'heure après, les trois hommes mettaient pied à terre et s'enfonçaient sous le grand vestibule.

Archibald et Nichols profitèrent de la lumière pour examiner l'étrange compagnon que le hasard leur avait donné. C'était un homme qui, jadis, avait dû être fort et robuste, mais que la vieillesse courbait déjà vers la terre. Ses cheveux, sa barbe entièrement blanchis, les rides qui sillonnaient son front découvert lui donnaient une apparence presque patriarcale.

Ichabod Creikfoorth ne descendait plus le soir à la salle à manger ; il *lunchait* dans sa chambre, servi par le seul Jack, son domestique de confiance.

Les deux coquins étaient donc libres. Ils se promirent de rire un peu aux dépens du débonnaire ecclésiastique et de lui faire payer en moqueries, en quolibets l'hospitalité qu'ils lui donnaient forcément.

Mais ils se trompaient : là encore, ce fut le Révérend qui ouvrit le feu.

— Quelle profusion! quelle prodigalité! fit-il en voyant la table luxueusement et abondamment servie. A quoi bon cette variété de mets, une tranche de viande, un morceau de pain suffisent pour soutenir l'homme : le reste n'est que fumée. Méfiez-vous de la bonne chère, ô mes amis! elle empoisonne à la fois et l'âme et le corps...

En même temps il éleva vers le plafond ses deux mains tremblantes, geste qui fut aussitôt imité par les deux coquins.

— Alors, mon Révérend, reprit Archibald, nous allons, puisque vous le voulez, faire emporter ces mets si bons, si parfumés, et les remplacer par du pain sec et quelques oignons.

— Telle n'est pas ma pensée... Usons largement des biens que le Créateur nous a dispensés ; mais n'en abusons pas. Pour ma part, je ne hais rien autant comme la gloutonnerie qui fait que l'on mange sans faim, l'intempérance qui excite à boire alors que l'on n'a plus soif. Ces deux fléaux qui ravalent l'homme au rang des animaux, sont les vrais corrupteurs de notre siècle...

Et tout en récitant ce discours ampoulé, emprunté au langage d'une de ces sectes étranges et prétendues réformatrices qui pullulent aux États-Unis, le Révérend mangeait lentement, sensuellement, choisissant non les morceaux les plus gros, mais les plus succulents, et savourait avec béatitude d'innombrables verres de *claret*.

Quand le repas toucha à sa fin, Archibald ordonna de préparer un lit au Révérend.

— Qu'il ne soit pas trop moelleux surtout, ajouta le digne homme ; confortable seulement. Il ne faut pas, continua-t-il, donner trop d'importance à la chair, et soigner en égoïste cette enveloppe extérieure sortie de la terre où elle retournera bientôt.

— Vanité des vanités ! ricana Archibald.

Neuf heures sonnaient. Les domestiques s'étaient retirés.

— Eh bien ! dit tout à coup le Révérend, comment trouvez-vous que j'ai joué mon rôle...

En même temps il se débarrassa prestement de sa barbe et de sa perruque et se débarbouilla la figure avec une serviette humide.

— Goliath ! s'écrièrent Archibald et Nichols.

— Chut ! mes bons amis ! Ne prononcez pas mon nom ici. Oui, c'est moi.

— Pourquoi ce déguisement ?

— Pour n'être pas reconnu et pouvoir parvenir jusqu'à vous sans éveiller les soupçons...

— La situation est grave, très-grave. Les damnés français ont échappé à ma surveillance... Ils arrivent ; demain, aujourd'hui peut-être, ils seront ici...

— C'est impossible ! exclamèrent Archibald et Nichols blêmes comme des suaires.

— C'est tellement possible que ce n'est que grâce à l'orage que j'ai pu les précéder.

— Misère ! rugit Archibald, la partie est perdue !

Alors Nichols affreusement pâle, mais l'œil plein d'éclairs se rapprocha de ses complices.

— Rien n'est perdu encore, fit-il d'une voix sourde. Je vous l'ai dit : il n'y a que les morts qui ne reviennent pas. Vous avez méprisé mon conseil, nous payons ce mépris aujourd'hui...

— Que veux-tu dire ?...

— Je veux dire, continua Nichols toujours sombre, que cette maison est isolée, que dans quelques instants les domestiques se seront retirés au fond du jardin, qu'entre nous et la fortune il n'y a plus que deux obstacles : un vieillard et son serviteur...

———

## IX. — Comment Hector et Aristide arrivèrent dix minutes trop tard.

Un silence de mort régna pendant quelques instants dans la vaste salle.

Au dehors on entendait la pluie tomber avec un bruit effrayant, le vent hurler dans les grands arbres du jardin, le flot gémir contre ses digues qu'il essayait vainement de renverser. Par moments, les éclats métalliques de la foudre couvraient tous ces bruits et les éclairs fulgurants qui se croisaient en serpentant déchiraient les ténèbres et faisaient pâlir la lueur des bougies.

La proposition de Nichols était tellement grave que Goliath et Archibald hésitaient.

C'étaient des coquins endurcis pourtant!

Nichols, le premier rompit le silence.

— Vous hésitez! cria-t-il, vous hésitez quand ils sont à quelques milles de nous peut-être, quand leur arrivée va faire crouler l'édifice que nous avons si laborieusement érigé, quand la prison, le gibet même couronneront notre folle équipée!... Allons donc! continua-t-il en tirant de dessous ses vêtements un de ces terribles couteaux appelés *Bowie-Knife*; vous êtes fous!... Pour ma part, je n'abandonnerai pas l'entreprise commencée, je ne renoncerai pas à cette fortune que je puis atteindre en étendant la main et dont un serviteur idiot et un vieillard infirme me séparent seuls...

Il brandissait son terrible coutelas; il écumait; la fièvre du sang l'étreignait à la gorge.

— Non! dit Goliath effrayé; non, pas de sang!... Jamais je n'oserai; jamais mes mains ne se porteront sur un vieillard.

— Lâche! tu resteras à la porte...

— Jamais! te dis-je!...

— Et moi je dis que cela sera, ou je te *refroidis* le premier.

— Soit! approuva Archibald fasciné par le regard de cette bête fauve; il mourra! Mais comment fuir après? Comment échapper aux policemen?...

— Nous nous emparerons d'un des Yachts mouillés ici près, dit Nichols qui semblait avoir tout prévu, et nous descendrons le Susquehanna jusqu'à son embouchure, c'est-à-dire jusqu'à Baltimore. Là, la voie ferrée nous conduira jusqu'à New-York d'où nous nous embarquerons dans les wagons du *Pacific-Rail-Road*.

— Et nous ne descendrons qu'à San-Francisco, ajouta Archibald.

— Non pas, ce serait nous fourrer dans la gueule du loup! Nous nous arrêterons dans le Nébraska, le Kansas où tout autre état voisin; nous acquerrons une vaste ferme et nous y vivrons un an, deux ans en riches propriétaires campagnards, le temps de nous faire oublier ainsi que toute affaire.

— Et tu crois que nous pourrons traîner après nous un million de dollars?... Il y a bien cela ici.

— Nous emporterons seulement tout ce qui est papier ; les titres au porteur, les banknotes ; quant au reste nous l'enfouirons cette nuit au pied d'un des rochers qui dominent le fleuve.

— Soit ! dit encore Archibald.

Ils attendirent en sablant quelques bouteilles de bordeaux. Enfin onze heures sonnèrent lentement à la pendule. Goliath alors se leva et traversa le jardin pour s'assurer si le concierge dormait réellement.

— Goliath a commis une lourde faute, dit Nichols : il a laissé les Français s'échapper. Cet homme n'est bon que pour sa force ; si nous le laissons faire, il finira par nous trahir.

— Alors?...

— S'il n'était pas là, continua Nichols en regardant fixement son complice, nous ne serions que deux à partager le butin.

Un imperceptible serrement de main fut toute la réponse d'Archibald. Goliath entrait.

— Eh bien ! dirent-ils.

— Tout est tranquille, répondit Goliath. Mais encore une fois, réfléchissez bien à ce que vous allez faire..

— Éternel trembleur ! Reste donc là puisque tu as peur...

Et, un couteau à la main, les deux bandits gravirent l'escalier qui conduisait à la chambre de l'oncle Ichabod. Retenant leur souffle, évitant de faire crier les marches sous leurs lourdes chaussures, ils glissaient comme des ombres sinistres. L'ouragan sévissait au dehors avec une recrudescence de rage et la petite maison vibrait, gémissait, comme une caisse vide, de la cave au grenier.

Archibald poussa la porte.

La chambre n'était éclairée que par une veilleuse dont la lumière vacillante n'embrassait qu'un faible rayon, laissant les angles noyés dans une ombre épaisse ; un tapis moelleux couvrait le parquet et étouffait tous les bruits.

— C'est ici ! murmura Archibald d'une voix défaillante.

Par malheur, en avançant, il heurta un meuble qui se renversa avec fracas. Le vieillard se réveilla aussitôt. En voyant ces deux hommes pâles, sinistres, un poignard à la main, il comprit tout et se redressa en appelant à l'aide...

Plus furieux que des fauves qui voient leur proie leur échapper, Nichols et Archibald bondirent, et l'étreignirent à la gorge.

Nichols leva son redoutable couteau.

— Non ! dit Archibald ; non, pas de sang...

Hélas ! il y avait peu de vie dans ce corps débilité. Archibald avait noué ses dix doigts autour du cou du vieillard ; mais il les retira presqu'aussitôt : Ichabod Creikfoorth n'était plus : la terreur l'avait tué...

— Il est mort ! dit le bandit avec un calme effrayant. Au coffre fort ! Le vieillard portait toujours à son cou, suspendues à un lacet de soie, les clefs de son coffre fort. Archibald en frémissant s'en empara.

Le coffre fort s'ouvrait par un système très-compliqué de lettres et de serrures. Archibald pour qui le vieillard n'avait pas de secret n'eut pas de peine à l'ouvrir. La plaque de tôle une fois rabattue, les deux bandits s'arrêtèrent muets, haletants, comme cloués au sol.

L'or les fascinait... Le lieu où ils se trouvaient, le meurtre qu'ils venaient de commettre, les dangers qui les menaçaient peut-être, ils avaient tout oublié...

— Allons, murmura Archibald en s'arrachant avec effort à cette contemplation pleine d'attraits, il faut agir...

Et avisant dans un coin une grande caisse en marqueterie, ils la remplirent d'or et de valeurs. La caisse pleine, ils bourrèrent leurs poches de banknotes, d'aigles d'or, de dollars ; mais à leur grand regret ils ne purent tout emporter.

— En route ! dit brusquement Nichols ; il me tarde d'être loin d'ici.

Jack, le fidèle serviteur, qui couchait dans un petit cabinet au dessus de la chambre de son maître, n'avait rien entendu.

Les bandits descendirent rapidement l'escalier. Goliath les attendait au dehors. Ils traversèrent vivement le jardin, ouvrirent la grille sans éveiller le concierge et s'arrêtèrent sur la berge.

La nuit était toujours horrible, la pluie tombait à torrents, et sur le fleuve démonté on pouvait à la lueur des éclairs apercevoir les deux petits yachts secoués comme de fragiles coquilles de noix.

— Quel temps affreux ! murmura Archibald.

— C'est ce qui fait notre sécurité, répondit froidement Nichols. On ne supposera jamais que nous nous sommes embarqués par une nuit semblable sur le fleuve en fureur.

Et poussant à flot un petit canot échoué sur la berge, il y monta le premier et se fit apporter la précieuse caisse.

Puis ce fut au tour d'Archibald.

Goliath retenait l'arrière du canot.

— A toi, lui dit Nichols,

Sans défiance le géant lui tendit la main. Nichols se baissa ; son bras armé du terrible bowie-knife décrivit une courbe rapide, et Goliath, poussant un cri terrible, se renversa en arrière la poitrine ensanglantée.

— Judas !... Assassins !... râla-t-il entre deux hoquets.

— Tu nous gênais ! dit Nichols froidement.

— Écoute !... fit Archibald d'une voix sourde.

Un éclair fulgurant venait pour un instant d'éclairer les flots et la route sombre, et les deux hommes anxieusement penchés à l'avant du canot entendirent un roulement sonore entremêlé de tintements de sonnettes, de bruits de fers heurtant le sol. Puis, rapide comme une vision, une voiture traînée par trois chevaux affolés par l'orage parut au bout du chemin.

— Il était temps ! fit Archibald en essuyant son front moite de sueur ; ils arrivent !...

La voiture roulait toujours avec la même vélocité infernale. Soudain, en face même du cottage, une ombre sanglante se dressa à la tête des chevaux et une voix mourante murmura :

— A moi, gentlemen ! A moi ! ils m'ont tué !...

Au risque de briser la voiture, le cocher arrêta court son attelage, et deux hommes pâles mais résolus sautèrent lestement à terre.

— A moi ! répéta le blessé.

— Mais, au nom du ciel, qui êtes-vous ? que faites-vous ici sanglant, blessé ? fit le plus jeune des deux hommes.

— Eux ! s'écria le blessé avec un accent de triomphe. Ah ! vous me vengerez...

— John Hylliars !

— Oui, moi... Mais hâtez-vous... ils s'enfuient !... Bientôt vous ne pourrez plus les poursuivre... Regardez !...

Et s'appuyant sur l'épaule d'Aristide, il parvint à étendre le bras vers le fleuve où courbé sous sa voiture un petit yacht glissait rapidement et silencieux comme une mouette emportée par la tourmente.

Puis brisé, anéanti par cet effort suprême, il retomba sans mouvement dans les bras des jeunes hommes.

— Que signifie tout ceci ? murmura Hector tristement. Qu'a-t-il voulu dire ? Mon Dieu, je tremble qu'un malheur ne soit arrivé...

En même temps qu'Hector et Aristide, trois hommes complétement vêtus de noir, et dans lesquels un Américain aurait reconnu un constable et deux policemen, étaient descendus de la voiture.

Le constable avait attentivement écouté les paroles décousues du blessé.

— Un crime a été commis ici, cela n'est que trop visible, dit-il. Le revolver au poing, gentlemen, et avançons prudemment.

Et, faisant signe aux deux policemen subalternes d'emporter le blessé, il prit la tête de la petite troupe, son revolver d'une main, un bâton d'ébène de l'autre. La grille du jardin était toute grande ouverte. Le constable ordonna à ses hommes d'entrer avec le blessé dans la maison du concierge et d'empêcher que personne ne pût entrer ou sortir. Puis toujours suivi de nos deux amis, il marcha droit à la villa dont la masse bizarre se détachait en noir sur le fond sombre du ciel.

Là, pas de trace de lutte. A travers la porte entrebâillée filtrait un mince filet de lumière. Toujours silencieux, ils traversèrent le grand vestibule et s'arrêtèrent enfin dans la salle à manger.

La table était encore servie ; les bougies, qui achevaient de se consumer dans les candélabres dorés, jetaient de faibles rayonnements sur les cristaux aux mille facettes, sur les couverts d'argent, les lames d'acier des couteaux.

Le désordre était complet; les chaises renversées embarrassaient le plancher; des bouteilles vides, des serviettes tachées de vin se voyaient de tous côtés pêle-mêle avec des verres brisés, des fleurs : on eût dit une orgie subitement arrêtée.

— Ce n'est pas ici que le crime s'est accompli, mais préparé, dit le constable avec un accent tellement convaincu que les deux jeunes hommes sentirent le froid de l'angoisse leur glacer le cœur. Marchons.

Il prit un flambeau et fit signe à Hector et à son ami de le suivre. Inconscients, muets, ils obéirent ; ils semblaient avoir perdu toute volonté, toute initiative et se laissaient guider comme des enfants. Ce silence sépulcral, sinistre, leur pesait comme un manteau de plomb; ils avaient peur.

Enfin le constable s'arrêta à la porte de la chambre du vieux Ichabod et dit simplement :

— C'est ici !...

X. — Investigations sur investigations.

La chambre où s'était accompli le crime était toujours dans l'état où les bandits l'avaient laissée. Appuyés contre le chambranle de la porte, à la lueur des bougies qu'ils tenaient à la main, de la veilleuse qui brûlait encore sur

une table, les trois hommes restèrent un moment silencieux. La scène était vraiment sinistre : à terre un couteau
dont la lame brillante absorbait tous les rayons et apparaissait rouge et comme tachée de sang ; une foule de
papiers, de pièces d'or épars de tous côtés ; dans le fond
le coffre fort ouvert ; enfin, sur le lit, un corps rigide déjà
et blanc comme un marbre ; tout cela parlait éloquemment.....

— Mon oncle ! appela Hector d'une voix tremblante ;
mon oncle !

Le vieillard, hélas ! ne pouvait répondre.

Alors pâle, chancelant, Hector traversa la chambre, et vint
s'agenouiller devant le lit funèbre, tenant dans sa main la
main raidie et glacée du cadavre.

— Mort ! dit-il, mort !!!...

Une douleur immense s'empara de tout son être : il
pleura. Cet oncle qu'il ne connaissait pas, qu'il n'avait
jamais vu, en ce moment suprême il comprit combien
il l'aurait aimé, vénéré, quel chagrin lui causait sa
perte...

— Mon Dieu, murmura-t-il encore, pourquoi avez-vous
permis ce malheur ?...

Mais une main ferme s'abattit sur son épaule, et une
voix grave dit :

— Relève-toi Hector... Ce n'est pas le pleurer, c'est le
venger qu'il faut !

— Le venger ?... Oui, tu as raison !... un tel crime ne
peut demeurer impuni. Oh ! toute ma vie, toute la fortune
qu'il me laisse pour retrouver, pour punir ces infâmes !...

Et se relevant, il imprima pieusement ses lèvres sur le
front glacé d'Ichabod Creikfoorth...

— Pourtant, reprit-il, je ne vois pas de sang... pas de
trace de violence. Et sa face est bouleversée, ses yeux, sa

bouche sont ouverts comme pour poursuivre, pour maudire ses assassins !... Que croire ?...

Le constable désigna du doigt une ligne bleuâtre qui entourait comme un collier le cou de la victime.

— Il a été étranglé... dit-il.

—Horrible ! horrible ! murmura Hector. Mais, continua- t-il en s'arrachant les cheveux, cette maison est donc muette comme un sépulcre ?... Personne !... Je veux voir du monde, entendre d'autres voix que les nôtres... Holà !.. holà !...

En même temps il renversait les chaises, brisait les por- celaines et les cristaux, essayait de s'étourdir, de s'ou- blier.

— C'est un rêve... un cauchemar affreux... dit-il. Ré- veillez-moi ; mais réveillez-moi donc...

A ce fracas un homme, un nègre à moitié vêtu, une bougie à la main, se montra sur le seuil.

— Massa a appelé ? fit-il.

Mais à la vue des trois hommes il poussa un cri de dou- leur et voulut s'enfuir. Déjà Hector avait noué ses doigts autour du poignet du nègre, et l'entraînant vers le lit funèbre, il le jeta rudement à genoux en disant avec une ironie farouche :

— Voilà ton maître !... Regarde ce que les bandits en ont fait !... Et pendant qu'on l'assassinait, tu dormais, fidèle serviteur...

Jack ne répondit pas ; mais sa poitrine se souleva en rauques sanglots, en spasmes convulsifs.

— Massa ! massa ! fit-il après quelques minutes, dire à bon nègre que c'est pas vrai... Vous pas mourir... C'est pas vrai ; Jack pas vouloir...

—Assez de pleurs, assez de cris, interrompit le constable.

Un crime s'est accompli dans cette maison : c'est à la justice d'interroger.

A ce mot, justice, le malheureux nègre trembla de tous ses membres.

— Rassure-toi, lui dit Aristide, on ne te fera aucun mal.

Un peu reconforté par ces bonnes paroles, Jack commença son récit par l'arrivée à l'habitation de ceux qu'il prenait pour les parents du vieux Ichabod ; il raconta la vie qu'ils menaient, vie toute innocente en apparence, puisqu'ils ne faisaient que ce que font tous les privilégiés de la fortune, à savoir : boire, manger, dormir, chasser, pêcher et se promener ; quant à la scène de la soirée, il n'en avait seulement pas idée.

A mesure qu'il parlait, Edmund Weddy, le constable, prenait des notes.

— Pourquoi monsieur Creikfoorth couchait-il seul avec vous dans sa maison ? demanda-t-il ensuite.

— C'était une vieille habitude ; lui pas avoir peur.

— Et ces gentlemen étaient bien vus dans le pays ?

— L'un était neveu du maître.

— Avaient-ils beaucoup d'argent ?

— Massa Creikfoorth était généreux. Lui donner à eux sans compter.

— C'est bien, nous savons ce que nous voulions savoir. Restez ici ; nous allons vous envoyer du monde.

Et faisant signe à Hector et à Aristide, il descendit dans la salle à manger.

— Nous avons fait une route du diable, gentlemen, dit-il, et je calcule que comme moi vous luncheriez bien. Pour ma part, je m'accommoderai volontiers des reliefs de ce festin.

Aristide et Hector firent un geste de dénégation ; mais prirent place néanmoins auprès du constable qui attaqua une volaille et se versa une large rasade d'une bouteille de *claret* oubliée par les bandits. Tout en mangeant il causait.

— L'affaire est claire, dit-il. Ces gentlemen de contrebande, après vous avoir dépouillés, se sont présentés sous vos noms à l'habitation de monsieur Creikfoorth. C'était facile, le bonhomme ne vous ayant jamais vu. Cependant voyant qu'il ne voulait pas mourir, votre arrivée leur ayant été signalée par leur espion, il leur a fallu brusquer un peu les choses, renoncer à leurs projets ou plutôt les modifier. Pour cela ils ont assassiné le vieillard et se sont enfuis avec tout ce qu'ils ont pu emporter. Mais ce que je ne m'explique pas bien, c'est l'assassinat de leur complice.

En ce moment un des policiers entra.

— Comment va le blessé, demanda Weddy.

— Il n'a pas encore repris connaissance. Nous l'avons laissé à la garde du concierge et sommes allés en reconnaissance.

— Eh bien ?...

— Les bandits étaient trois, l'un marchait devant, les deux autres suivaient portant un objet lourd, un coffre peut-être. Cela était bien facile à voir par l'écartement régulier et surtout la netteté des empreintes imprimées dans la boue. Les traces moins accusées au contraire des pas du premier prouvaient qu'il ne portait rien. Ils se sont arrêtés auprès de la grille ; le premier l'a ouverte et tous trois ils ont traversé la route, descendu la berge et poussé à flot un canot tiré à sec. Le sillon creusé par la quille du canot est encore visible sur le sable, de même que les empreintes des trois hommes. C'est là que le premier a été frappé, sans doute pendant que ses complices étaient dans le canot.

— Mais pourquoi ce meurtre?

— On ne sait. Il est pourtant présumable que les bandits, craignant ses indiscrétions ou ne voulant pas qu'il ait sa part du gâteau, l'auront frappé pour se débarrasser d'un complice gênant.

— C'est possible, en effet! murmura le constable qui demeura un moment pensif.

Le policemen salua et se retira.

Mais ce fut pour revenir presqu'aussitôt.

— Le blessé a repris ses sens, dit-il.

— Ah! fit Edmund Weddy en se levant vivement; nous allons donc savoir si nos soupçons sont fondés?... Venez, gentlemen.

Ils sortirent tous trois, traversèrent le jardin et entrèrent dans la petite maison du concierge. Goliath était étendu sur un lit, le visage pâle et défait, mais l'œil brillant de haine. En l'absence d'un médecin, les policemen avaient lavé et pansé sa blessure qui ne paraissait pas mortelle.

En apercevant les nouveaux venus, il essaya de se dresser sur son séant.

— Comment vous appelez-vous? demanda Weddy.

— John Hylliars, répondit-il d'une voix faible. Mais je suis plus connu sous le nom de Goliath.

— Connaissez-vous ces gentlemen? continua Weddy en montrant les deux Français.

— Je les connais. C'est moi qui, d'après un plan concerté avec mes complices, les ai conduits à Washington quand ils croyaient se rendre à Harrisburg.

— Quels étaient vos complices?

— Ils étaient deux. L'un, Archibald Loyton, est un ancien comédien des théâtres de province; c'est à la scène qu'il doit ces grands airs, ces manières de vrai gentleman avec lesquels il a fait tant de dupes. L'autre, Nicholis

Godvolke, a tenu un cabinet d'affaires, prête sur gages, fait mille métiers dont le plus honnête ne valait pas grand chose. Moi aussi, j'ai fait presque tous les métiers sauf un bon. Mais que voulez-vous, orphelin presqu'en naissant, jeté tout nu sur le pavé de New-York, sans un ami, sans personne pour me conseiller, je ne pouvais que mal tourner...

« Nous nous sommes connus tous trois à notre sortie du pénitencier de New-York, c'était en 1878 lors de l'exposition universelle de Paris. Le désir de tenter fortune dans la grande capitale nous prit un beau matin et nous passâmes la mer ensemble.

» Ce que nous fîmes à Paris, cela importe peu ici. Ce qu'il y a de certain, c'est que riche chacun de plusieurs mille francs, nous nous en revenions gaiement quand un soir, sur le pont du paquebot, nous entendîmes un de ces gentlemen causer du passé, raconter à l'autre pour quel motif il se rendait en Amérique. Le nom d'Ichabod Creikfoorth nous était connu, nous connaissions aussi son immense fortune, et nous résolûmes de tenter l'aventure, d'égarer les Français, de nous substituer à eux. »

La voix du blessé faiblissait. Il put néanmoins raconter ce que nous savons déjà et retracer en partie la scène de l'assassinat.

Edmund Weddy écrivait sous sa dictée.

— Et vos complices ? fit-il alors. Connaissez-vous leurs projets ?

— Je les connais ! fit Goliath d'une voix sourde. Les lâches ! ils m'ont frappé, abandonné. Oh ! je me vengerai.

— Parlez alors.

— Non, pour que ma vengeance réussisse, il faut que je sois libre. Écoutez, je suis loyal ; promettez-moi l'impunité, jurez-moi que vous me laisserez libre, et je vous guiderai, je vous serai attaché comme le chien à son maître. N'hésitez pas. Sans moi vous ne pouvez rien, car seul je connais leurs projets, leurs retraites les plus cachées.

Edmund Weddy hésita un moment. De pareils marchés, cependant, conclus entre la police et les malfaiteurs ne sont pas rares aux États-Unis, pays pratique avant tout, où l'on estime qu'il vaut mieux faire grâce à un criminel et capturer toute une bande que de laisser cette bande courir les grands chemins et continuer ses dépradations.

— Je ne puis promettre cela, dit-il enfin ; mais je puis transmettre votre demande à qui de droit et l'appuyer chaudement.

— C'est bien, murmura Goliath, j'ai confiance, j'attendrai.

— Mais si votre blessure est mortelle ?

— Alors je parlerai. Mais ne craignez rien, la haine me soutiendra, je veux vivre pour me venger de ces infâmes.

Hector et Aristide avaient assisté pleins de dégoût à cette scène étrange d'un bandit composant avec la justice. Bien que Goliath leur eût affirmé qu'il n'avait pas trempé dans le meurtre, qu'il avait au contraire tout fait pour l'empêcher, qu'il était lui-même victime de ses complices ; ils ne pouvaient cacher la répulsion que cet homme leur inspirait

------

XI. — La nuit de Noël à New-York.

Un mois s'est écoulé depuis les derniers événements. Nous sommes en décembre, le mois le plus rigoureux, mais aussi le plus joyeux de l'année dans la libre Amérique.

Hector avait sans difficulté été mis en possession de la fortune de l'oncle Ichabod, dont sa mère et lui étaient d'ailleurs les seuls héritiers connus. Cette fortune, malgré la brèche énorme faite par les bandits, était encore assez belle, car elle dépassait deux millions de dollars, soit environ dix ou onze millions de notre monnaie.

La police américaine avait mis en campagne ses plus fins limiers, ses meilleurs *détectives*, mais sans résultat. Les bandits étaient introuvables, et, malgré la récompense fabuleuse promise par le jeune français, aucun indice sérieux n'avait été découvert.

—Il faudra agir par nous-mêmes! dit Hector résolûment.

— Parbleu! répondit Aristide. Une chasse à l'homme dans les solitudes du nord-ouest, la carabine d'une main, le bowie-knife de l'autre; des marches et des contre-marches dans la neige, des aventures extraordinaires entremêlées de duels à l'américaine, de luttes avec les sauvages, tout cela me va. D'ailleurs n'avons-nous pas ici ce brave Weddy et cet excellent Goliath pour nous donner un bon coup de main? All right! comme disent les Américains...

Hector sourit doucement.

—Toujours enthousiaste! dit-il.

— Et toi toujours découragé. Allons, du cœur! c'est égal, c'est un bien beau pays que cette Amérique où chacun fait ses petites affaires soi-même... A Paris, mon bon, la police se fût emparée de cette affaire et l'eût conduite à sa guise sans même vouloir avouer son impuissance. Ici on nous dit : « Nous ne pouvons plus rien, agissez comme il » vous plaira. »

— C'est ce que nous ferons, ami.

Donc, le 25 décembre, nous retrouvons nos aventuriers dans un des bouges les plus mal famés de New-York, un

*Gin-House* (1) fréquenté par la lie du peuple, mais où on pouvait espérer une de ces révélations étranges comme le hasard en produit parfois. Chacun avait adopté un costume à sa convenance. Le constable, vêtu de noir, un énorme chapeau comme vissé sur sa tête, le parler grave, tutoyant tout le monde, avait toutes les apparences d'un honnête quaker ; Goliath, lui, portait les grandes bottes, la vareuse de laine serrée à la taille par la ceinture de cuir des cultivateurs du Kentucky; les Français enfin s'étaient affublés d'immenses ulsters, de bérets ronds et portaient en sautoir des valises, des lorgnettes, à la main des guides comme deux fils de la blanche Albion voyageant pour compléter leur instruction.

Le but de cette mascarade était tout simplement de dépister les bandits. La veille au soir on avait quitté l'hôtel, et depuis, en véritables noctambules, nos amis couraient les rues, visitaient les tavernes les plus infectes, les bouges les plus sinistres.

Grâce à la coopération de Goliath, qui, entièrement rétabli et sûr de l'impunité, ne vivait plus que pour sa vengeance, on connaissait les projets des bandits, et on pouvait marcher avec confiance.

Les quatre hommes attendaient dans le Gin-House, l'heure de s'embarquer dans les wagons du Pacific-Rail-Road.

Par extraordinaire, en cette saison, la nuit était belle et sereine; les rues étaient, il est vrai, blanches de neige, mais tous les magasins brillamment éclairés, toutes les fenêtres illuminées de lueurs flamboyantes disaient éloquemment que ce soir là les bons habitants de New-York avaient délaissé les bureaux sombres, les usines enfumées, oublié

(1) Maison de Gin ou tavern

tout calcul, toute préoccupation et ne songeaient qu'au plaisir.

C'e.t que le Christmas est une fête solennelle aux États-Unis. Pendant que, dans leurs temples bondés d'un auditoire attentif, les révérends tonnent, prêchent, célèbrent la naissance du Sauveur, dans toutes les maisons, les bonnes, les ménagères dressent des trophées de verdure, préparent des festins monstres dont les budgets des petits ménages se ressentiront longtemps. Bon feu, éclairage brillant, festons de feuillage où dominent le sapin à la sombre verdure, le houx aux feuilles larges et brillantes entremêlées de baies rouges comme du corail, fraîches comme des boutons d'oranger; table luxueusement servie et que semble présider le bonhomme Christmas frileusement enveloppé dans sa grande houppelande poudrée de neige, tandis que derrière lui s'élève un énorme pin dont les branches disparaissent presque sous mille lanternes, mille bibelots destinés aux grands comme aux petits enfants : voilà l'aspect qu'offre dans la nuit du 25 au 26 décembre toute honnête maison américaine.

Et dans le parloir ainsi orné, il faut voir les boys, les miss grandes et petites se montrer toutes ces merveilles en poussant des hurrah frénétiques, tandis que les grands parents, les vieux amis, plus positifs, contemplent d'un œil attendri la table parée de l'inévitable oie grasse, du pie et du pudding monstrueux que flanquent, rangées en bon ordre, quelques bouteilles de vieux claret, quelques fioles de wiskey!...

Comme repoussoir à ce tableau gracieux d'un intérieur de famille, dans les rues sombres de la ville, passent haves, affamés, grelottant sous leurs misérables haillons, des femmes, des enfants implorant d'une voix nazillarde la charité des passants; des ivrognes ronflent sur la neige

6

durcie par la gelée ; d'autres plus endurcis marchent bras dessus, bras dessous, chantant des chansons obscènes, assiégeant les tavernes immondes, les hideux *Gin-House*, buvant, buvant toujours...

Heureusement, si toutes les misères ne peuvent être secourues, beaucoup le sont. En Amérique, ce jour-là, il est d'usage dans les familles aisées de faire d'abondantes distributions de vivres et de vêtements aux indigents ; dans beaucoup de maisons même une table est dressée où se trouve non seulement le nécessaire, mais encore des jouets, des bonbons, afin que les pauvres petits deshérités de ce monde puissent sans trop d'amertume se saluer du traditionnel :

« A Merry-Christmas to you!... (1). »

D'autres généreux philanthropes parcourent les prisons, les *Work-Houses* (2), veillent à ce que les prisonniers, les vieillards incapables de travailler puissent, eux aussi, fêter dignement Christmas.

Pendant que les quatre hommes assis près du comptoir dégustaient lentement un petit verre de brandy, tout en examinant attentivement les faces patibulaires qui les environnaient, dans l'espoir — nous parlons pour Goliath et Weddy — d'y rencontrer quelques figures de connaissance, une vive rumeur se fit tout à coup dans la rue. C'était comme le roulement de pesants chariots d'artillerie, dominé par moments par des cris, des vociférations, un bruit continu de fers, de souliers faisant craquer la glace.

Tous se précipitèrent vers la porte.

— Le feu !... le feu ! criait-on.

(1 Un joyeux Noël à vous !
(2) Dépôts de mendicité.

Et une pompe à vapeur traînée par quatre chevaux blancs d'écume passa avec la vitesse d'une trombe. Autour, des hommes vêtus de petites vestes, chaussés de lourdes bottes et coiffés de casques en cuir bouilli, couraient à perdre haleine, chargés d'échelles, de cordages. Puis venait la foule hurlante, tumultueuse.

Weddy arrêta un pompier au passage.

— Où est le feu? demanda-t-il.

— Dans la vingt-quatrième avenue, répondit le pompier sans s'arrêter. On dit qu'il a pris chez un gros marchand d'alcool. Ce sera terrible...

Sans réfléchir, les quatre hommes s'élancèrent à sa suite. De toutes les rues, de toutes les avenues débouchaient des pompes filant presqu'aussi vite qu'un train express, des pompiers, des badauds, les grands accidents en attirent toujours; tout cela courant, trépignant, se ruant pêle-mêle vers le lieu du sinistre.

En Amérique, où souvent des villes entières sont détruites par le feu, les précautions les plus minutieuses sont prises contre ce redoutable fléau. Dans chaque ville, dans chaque village des postes de guetteurs sont établis au sommet de tous les édifices élevés, dans les clochers de toutes les églises, dans des tours construites spécialement pour cet usage. Chaque poste de guetteurs est relié aux autres postes, aux stations des pompiers par des fils électriques. Chaque station comprend au moins une vingtaine d'hommes, une pompe à vapeur toujours sous pression, plusieurs attelages, enfin tout un matériel de sauvetage.

Sitôt que l'un des guetteurs, du sommet de la tour où il est relégué sans feu, sans livre, sans lumière, aperçoit les premières lueurs d'un incendie, vite il communique la nouvelle aux postes voisins, aux stations des pompiers, et, comme chaque rue de la ville est numérotée, il lui est facile d'indiquer par des chiffres le lieu exact du sinistre. En un clin-d'œil, si c'est la nuit, les pompiers sont vêtus, les pompes attelées, le matériel prêt, et il n'est pas rare de voir un incendie complètement éteint quelques minutes à peine après avoir été signalé.

Mais cette fois le sinistre était terrible. Le feu, comme l'avait dit le pompier à Weddy, avait pris dans les magasins d'un marchand d'alcool. Malheureusement ces magasins, vastes entrepôts où les tonnes s'emmagasinaient par centaines, étaient situés au rez-de-chaussée d'une de ces immenses maisons, comme on n'en trouve qu'à Londres et à New-York, et si la conflagration n'était pas arrêtée à temps, le quartier tout entier se trouvait menacé d'un même sort...

C'était un spectacle horrible et pourtant admirable de grandeur. Les flammes hautes et nuancées des plus vives couleurs jaillissaient des caves, des magasins, léchaient les murailles blanches, accrochaient leurs langues de feu aux volets, aux persiennes, serpentaient et tournoyaient pleines d'étincelles dans les grands escaliers, éclairait la rue entière d'un jour sinistre. L'alcool embrasé sortait à flots des tonneaux défoncés et courait sur le sol en ruisseaux, en cascades de feu, tandis qu'au-dessus des maisons voisines la fumée s'étendait comme un dôme impénétrable et interceptait la vue du ciel alors radieux et constellé d'étoiles.

A toutes les fenêtres vivement éclairées par les reflets du sinistre apparaissaient des têtes affolées, terrifiées ; mille cris, mille clameurs emplissaient l'air ; dans la rue, les pompiers, la foule, tout cela apparaissait noir au milieu de la fournaise ardente, courant, s'agitant, gesticulant, donnant une idée de l'enfer tel que l'a rêvé Callot...

Cependant les pompiers n'avaient pas perdu de temps.

Vingt pompes à vapeur, munies de plusieurs tuyaux, lançaient sur la maison embrasée, sur les habitations voisines, des torrents d'eau qui retombait brûlante sur les spectateurs; les hommes grimpaient le long d'échelles pourvues de crochets de fer, opérant le difficile sauvetage des malheureux paralysés par la frayeur, déménageant par les fenêtres meubles, glaces, literies; d'autres perchés au faîte du toit et semblables à de noirs cyclopes dans l'embrasement général, la hache ou le pic à la main coupaient, démolissaient, essayaient de circonscrire le foyer incandescent.

Dans les maisons voisines, on se hâtait aussi de déménager. Perdus dans la foule nos amis, nos aventuriers assistaient à cette scène qui défie toute description.

Enfin, comme à un signal donné, l'immense maison habilement sapée s'effondra tout entière au milieu d'un nuage de cendre et de fumée.

L'homme avait vaincu l'élément.

Le jour commençait à poindre.

— Viens, dit à Hector Weddy qui pour mieux jouer son rôle de quaker affectait de tutoyer ses compagnons; nous serons en retard pour le départ du train.

Ils partaient quand tout à coup, Hector s'arrêta. A quelques pas plus loin il venait d'apercevoir un vieillard et une jeune fille tristement assis sur une petite malle. C'étaient deux des nombreux locataires de la maison incendiée. Autour d'eux la foule se pressait sympathique, essayant de les consoler. Mais à toutes les paroles, le vieillard hochait tristement la tête, la fillette pleurait davantage.

— Non, disait le bonhomme, c'est fini, bien fini. Tout ce que nous possédions, nos pauvres meubles, nos petites économies, tout cela est devenu la proie des flammes. A quoi bon espérer? Nous sommes, moi trop vieux,

Mary trop jeune pour travailler... le *Work-House* nous attend...

Emú devant une telle douleur, Hector tira une poignée de banknotes de son portefeuille, et les mettant dans la main du vieillard.

— Priez pour moi ! dit-il.

Et il disparut en courant.

-----

## XII. — Le Pacific-Rail-Road.

En France, où les voyages les plus longs n'excèdent pas deux jours, où chacun, à moins d'être duc ou million-naire — et encore ! — sait s'accommoder de tout, on ne soupçonne pas le luxe, le comfort réel que les Américains, ces républicains si aristocratiques, ont su apporter dans leurs chemins de fer.

C'est surtout sur la ligne qui court d'une mer à l'autre ; *Western-Transcontinental-Railway*, que l'esprit pratique des Américains s'est donné libre carrière. Chaque wagon, qui ne forme à lui seul qu'un vaste compartiment éclairé par de larges baies munies de stores pour le soleil, com-munique avec les autres au moyen de plates-formes dispo-sées comme des balcons, où l'on peut se promener, fumer, rêver pendant les belles nuits étoilées.

Mais ce n'est pas tout. A côté de ces wagons ordinaires, il en est d'autres appelés *parlor-cars*, véritables salons où les voyageurs ont la faculté de causer, de feuilleter les livres et les journaux ou de s'abîmer dans les profondes combinaisons d'une partie de wist ou d'échecs ; enfin les *sleeping-cars*, qui le soir se transforment en dortoirs aux couchettes moelleuses, où depuis le miroir jusqu'à la brosse à ongles, le dandy le plus exigeant trouve tout réuni pour sa méticuleuse toilette.

Et ce n'est rien encore auprès d'un autre progrès réalisé par le génie yankee. Partout en Europe, le voyageur qui a une longue route à faire, est réduit à se charger d'une foule de provisions, ou à se contenter de simulacres de repas dans les buffets des gares. En Amérique, il en est autrement : un wagon cuisine est accroché à l'arrière du train, des domestiques nègres chargés de rafraîchissements circulent sans cesse sur les passerelles, et le voyageur n'a qu'à choisir sur la carte les mets et les vins annoncés pour être sûr de déjeuner ou de dîner convenablement et à son aise.

De te's bienfaits sont appréciés à leur juste va'eur sur le Pacific-Rail-Road où le voyage de New-York à San-Francisco dure huit jours entiers.

Quelle belle chose que le progrès !!!...

Hector et sa petite troupe, pour ne pas éveiller l'attention, avaient modestement pris place dans un wagon ordinaire, car, bien qu'aux États-Unis il n'existe qu'une seule classe, on comprend facilement que pour être admis en *parlor-cars*, il faut payer un léger supplément de trois ou quatre dollars par jour.

Sous leurs vêtements d'emprunt, ils portaient tout un arsenal de revolvers, de bowie-knifes, précaution d'ailleurs générale dans ce charmant pays où l'on ne marche qu'armé jusqu'aux dents.

— Notre plan est bien facile, avait dit Weddy en partant. Puisque les bandits — grâce à Goliath nous connais-

sons leurs projets — ont l'intention de se fixer dans le
Kansas ou le Nébraska, nous nous arrêterons dans un
de ces États, et, soit à cheval, soit en traîneau, nous
l'explorerons tout entier avant de passer dans l'autre.
J'ai des mandats d'amener, et les coquins seront bien
fins s'ils nous échappent. D'ailleurs, je compte un peu
sur le hasard, le plus grand des policiers connus et
inconnus.

— Et sur Dieu qui ne voudra pas laisser un tel crime
impuni, avaient répondu Hector et Aristide.

— Et sur Dieu aussi.

Les premiers jours du voyage furent calmes et mono-
tones, on devait s'y attendre. Le convoi traversa d'abord
la Pensylvanie où s'élèvent deux villes riches et indus-
trielles : Harrisbourg et Pit'sbourg ; l'Ohio, arrosé par la
rivière de ce nom, un des plus forts affluents du Mississipi
et dont Columbus et Cincinnati sont les centres principaux ; l'Indiana et, enfin, l'Illino's.

Chacun de ces États eût mérité une étude spéciale, tant
différaient les aspects, les sites, les populations mêmes.
Mais pour cela nos aventuriers étaient trop pressés. Ce fut
à peine s'ils honorèrent d'un regard le roi des fleuves, le
puissant *Père des Eaux*, qui prend sa source dans la
région des lacs supérieurs et vient se jeter dans le golfe
du Mexique, après un parcours de quinze degrés de
latitude.

Le convoi filait avec une vitesse endiablée, gravissant
et descendant des pentes à donner la chair de poule à nos
ingénieurs européens, franchissant sur des ponts auda-
cieux, mais à peine entretenus, vallées, fleuves, rivières.

A mesure qu'on s'éloignait de l'est, les grandes cités,
ces centres merveilleux du commerce et de l'animation,
se faisaient de plus en plus rares. A leur place s'élevaient

des villes modernes, presque neuves et n'ayant pas encore
atteint leur complet développement. La campagne, moins
peuplée, sacrifiait moins à l'industrie et plus à l'agriculture, à l'élevage des bestiaux.

En traversant l'Illinois, Edmund Weddy n'avait pas
manqué de parler à ses nouveaux amis des deux fameux pro-
phètes Joë et Hiram Schmith qui, s'ils ne sont pas les fon-
dateurs réels du Mormonisme en ont été du moins les plus
fervents zélateurs.

C'est en effet à Nauvoo, petite ville de l'Illinois, que
cette secte absurde autant qu'immorale à pris naissance,
et qu'elle a atteint son complet développement. Nous ne
parlerons pas de la fameuse découverte, due aux prétendues révélations du ciel, du livre des Mormons, de cette
bible dont tous les feuillets *étaient d'or pur*, de ces gra-
vures répandues partout qui montraient les deux frères
la tête ceinte d'une auréole divine, pas plus que nous
ne dévoilerons les mystères honteux de cette nouvelle religion.

L'étude de la bible qui est l'occupation constante de
tous les vrais puritains, est celle qui, en Amérique autant
qu'en Angleterre, a le plus troublé de cervelles. A force d'en
commenter, d'en torturer le texte, d'y lire entre les lignes ce
qui n'existe pas, chacun en est venu à l'interpréter à
sa manière, à prendre pour réalité l'expression de ses rêves
les plus fous, de ses visions les plus bizarres. Aussi
que de sectes mystiques et exaltées, puritains, quakers,
mormons, anabaptistes, etc., pullulent aux États-Unis,
religions hors desquelles, au dire des sectateurs, il n'est
pas de salut possible !...

Cependant sous la verge de fer du novateur, les
adeptes s'émurent ; d'autres tournèrent en ridicule les
tendances de leur chef ; des séditions terribles éclatèrent

alors dans la ville sacrée, et Joë et Hiram, arrêtés pendant
qu'ils fuyaient lâchement, furent conduits à Carthage et
périrent misérablement de la main de leurs propres prosélytes.

Après ces fastes sanglants, les Mormons, forcés de
quitter leur ville sainte, à la suite de nombreuses marches
et contre-marches dans les déserts de l'ouest, fondèrent
sur les rives du grand lac Salé une colonie agricole aujour-
d'hui dans un état de prospérité réelle.

— Folie ! folie !... murmura Hector à ce récit du constable.

— Hélas ! répondit ce dernier, notre pays, le plus libre
pour le bien, est aussi celui où toutes les utopies, tous les
rêves quels qu'ils soient trouvent le plus de créance.
Chacun veut, croit même marcher à la perfection, mais
par quelles voies !... Un homme fut-il illuminé, fut-il dix
fois fou, pourvu qu'il parle du ciel, qu'il cite les versets
de la bible, en les interprétant à sa manière — et chacun a
la sienne qu'il proclame la seule bonne — qu'il vomisse
mille injures contre Rome et son chef, est sûr de se faire
écouter, de s'attacher des prosélytes. L'argent abonde
alors, et voilà une nouvelle secte fondée !...

On approchait d'Omaha-City dans le Nébraska. Depuis
la veille la neige tombait avec violence, éparpillant dans
l'espace ses flocons légers que le vent chassait au loin ; le
jour avait fait place à une sorte de crépuscule plein de
dangers.

Le train n'avançait plus qu'avec mille précautions : la
voie était complétement obstruée, et malgré le secours de
lanternes munies de puissants réflecteurs, c'était à peine
si on pouvait distinguer à vingt pas, tant était opaque le
rideau de neige que la rafale chassait devant elle.

Dans les wagons, chauffés par des poêles, on avait

allumé les lampes. Les voyageurs se serraient frileusement les uns contre les autres et, pour passer le temps,
racontaient de lugubres histoires : trains arrêtés par les
bandits ou les sauvages, déraillements, assassinats, voyageurs enlevés, etc., etc.

Chacun avait à sa portée tout un arsenal de poignards,
de revolvers.

— Omaha-City ! cria le chef de train.

Le convoi entrait en gare.

L'état de Nébraska, appelé ainsi à cause de la rivière de
ce nom qui le traverse entièrement, est un des plus vastes
de l'Union américaine ; malheureusement sa population ne
répond pas à son étendue.

Pas de villes dans ces parages, mais seulement de
grandes bourgades, des forts nombreux élevés un peu
partout et destinés à protéger les colons contre les sauvages Indiens qui, bien que relégués dans le nord, n'en
font pas moins de fréquentes et sanglantes excursions sur
ces territoires dont ils regrettent la possession.

Le pays presque tout entier est abandonné aux agri-
culteurs, aux éleveurs. Là vivent dans des fermes, faites
de troncs à peine équarris, de hardis colons, des pionniers
rudes et sauvages, mais dont la mission n'en est pas
moins essentiellement civilisatrice. Des troupeaux, qui
se chiffrent par milliers de têtes, bondissent dans les
vastes prairies, dans les plaines sans bornes sous la surveillance de gardiens presqu'aussi sauvages qu'eux. Plus
loin, sous les sombres arceaux des forêts de pins, de chênes,
de mélèzes, de cèdres géants qui bordent la rivière, les
bûcherons ont élevé leurs huttes de branchages à côté des
log-cabins des trappeurs et des chasseurs, les charbon-
niers campent en pleine clairière.

C'est donc un étrange pays, où la vie est encore toute

patriarcale, et rappelle ce qui se passait dans les états de l'Est avant l'émancipation. C'est que pour le cultivateur, le trappeur et le bûcheron, la civilisation commence à peine dans ces régions perdues et inexplorées. Le travail de la semaine, les longues chasses, les affûts pendant les nuits claires ; le dimanche, la messe et le prêche dans l'église de bois du village, les stations obligées dans les tavernes, voilà l'existence de l'homme dans ces contrées lointaines.

Nous l'avons dit, il n'existe guère de villes, autrement qu'à l'état de projet dans le Nébraska. Omaha-City, malgré sa situation au bord du Missouri, n'est qu'une station de chemin de fer, une gare toute primitive autour de laquelle se groupent quelques centaines de maisons, et c'est tout...

Nos aventuriers avaient l'intention de s'arrêter à Omaha-City et de faire de cette bourgade leur quartier général. Quoiqu'habitant le même hôtel, ils ne devaient plus se connaître, en public du moins, et opérer chacun de son côté, prêts à réunir leurs efforts quand la piste serait découverte.

Ils ne se dissimulaient pas les difficultés d'une telle tâche, surtout en cette saison ; mais ils étaient résolus à ne reculer devant rien.

Les deux faux anglais drapés dans leurs ulsters, le bonnet enfoncé sur les yeux descendirent les premiers de wagon, suivis à distance par Goliath et le constable. En face d'eux était un bouge infect, appelé : *Le Grand Pacifique.*

— Entrons-nous ? demanda Aristide à son ami. Un grog bien chaud ne nous ferait pas de mal.

Pour toute réponse Hector poussa la porte. La salle, ornée d'un comptoir derrière lequel trônait le tavernier, était aux trois quarts remplie. Presque tous les consommateurs se tenaient debout près du comptoir, buvant à petites gorgées et écoutant un des leurs.

Le conteur, pour ne pas perdre son effet, parlait lentement et s'arrêtait fréquemment pour vider son verre ou éjecter sur le sol saupoudré de sable le jus d'une énorme *chique.*

Hector et Aristide s'étaient assis près d'une petite table, manœuvre qui fut imitée par Weddy et Goliath à l'autre extrémité de la salle. Ils commandèrent des grogs, et, pendant que la servante se dépêchait de leur préparer cette boisson, ils parurent donner toute leur attention aux journaux qu'ils tirèrent de leurs poches.

A peine étaient-ils installés que la porte s'ouvrit pour livrer passage à deux hommes, des voyageurs sans doute. Ils secouèrent leurs manteaux blancs de neige, et, sans façon, prirent place à la seule table inoccupée de l'établissement.

— Chien de temps ! dit l'un d'eux, un solide gaillard au cheveux, à la barbe d'un beau rouge carotte ; la neige tombe tellement que le diable lui-même n'y verrait pas sans lanterne. Eh ! Belly, Nolly, Sarah... que le diable m'emporte si je sais son nom !... La fille, une bouteille de wiskey, et vite...

Pendant qu'on les servait, ils allumèrent leurs pipes d'un air indifférent et parurent se plonger dans la contemplation des nuages bleuâtres qui montaient lentement au plafond. Mais d'un coup d'œil rapide ils avaient déjà exploré la salle, et l'un deux dit en se penchant à l'oreille de son compagnon.

— Les voilà !

— Silence ! répondit l'autre.

### XIII. — Ce qui se passa dans la taverne du Grand-Pacifique.

Cependant au comptoir, on causait toujours.

— Ainsi, mon brave Jim, dit le tavernier, vous voilà de retour au pays.

— Oui, répondit celui qu'on appelait Jim et qui sentait sa langue devenir pâteuse. Oui, et j'apporte de quoi acheter Omaha-City tout entier...

En même temps il frappa sur sa valise qui rendit un son métallique fort apprécié des assistants.

— Une forte somme?...

— Une misère! deux mille dollars seulement, fit Jim avec un gros rire.

— Et combien de métiers avez-vous fait, Jim, pour ramasser une aussi forte somme? Je calcule qu'à New-York, d'où vous venez sans doute, les dollars ne pleuvent pas dans les rues.

— Ni là ni ailleurs, vieux pirate! Non, je n'ai fait aucun métier, et le plus drôle, c'est que cette fortune m'est venue en dormant.

— Oh! oh! firent les assistants incrédules.

— Oui, en dormant, gentlemen, en dormant! répondit Jim flatté de l'effet qu'il produisait. Vous savez ou vous ne savez pas qu'après avoir tenté fortune un peu partout et fatigué de ne pas réussir, je m'étais fait bûcheron sur le bord du Susquehanna. Le métier n'allait pas trop mal;

mais il était rude en diable et ne rapportait pas grand'-
chose. Or, moi qui ai toujours aimé mes aises, je dépen-
sais chaque dimanche le produit de la semaine. Cela ne
pouvait pas durer.

— Au fait! interrompit l'auditoire en chœur.

— J'y suis. Or, il y a de cela un mois environ, peut-être
plus, je dormais dans mon log-cabin, fatigué d'une journée
passée les pieds dans l'eau à rassembler en train les
arbres que j'avais abattus précédemment. Il faisait une
nuit terrible, pluie, tonnerre, éclairs... A chaque minute
le vent menaçait de jeter à bas ma pauvre hutte, le fleuve
gémissait, se tordait dans son lit avec des bruits affreux,
des clameurs qui ressemblaient à des plaintes, à des
sanglots.

« Moi qui en ai tant vu cependant, je ne pouvais fermer
l'œil. Le jour allait enfin paraître quand tout à coup la
porte de ma cahute est jetée à terre, et sur le seuil, à la
lueur des éclairs, je vois, le diable m'emporte, gentlemen,
si je n'ai pas cru que c'étaient des fantômes!... »

Il s'arrêta pour vider son verre et renouveler sa chique.
Subitement Hector et Aristide étaient devenus attentifs.
Goliath et le constable, la tête entre les mains semblaient
dormir; mais en réalité ne perdaient aucune des paroles
du narrateur. Quant aux deux étrangers, ils oubliaient de
fumer pour mieux écouter.

— Oui, gentlemen, continua Jim, je vis deux hommes,
le visage noirci, un revolver à la main, s'avancer vers
moi.

« J'étais tellement ému que, sans songer à décrocher
mon fusil, je me dressai sur ma couche de feuilles sèches
en disant :

— » Gentlemen sortis de l'enfer ou d'ailleurs, diables
fourchus ou cornus, vous perdez votre temps ici. Jim

Bigg ne possède ni or ni argent. D'ailleurs si vous êtes
des démons, le numéraire n'a pas cours chez vous. Con-
clusion : tournez les talons et laissez-moi en paix!... »

« Il ne parut pas que mon discours les impressionnât
beaucoup, car l'un d'eux, me mettant le canon de son
revolver sur la poitrine, répondit doucement :

— » Pas de bruit, ami Jim ; nous sommes venus ici
pour causer avec vous et vous acheter votre log-cabin
dont nous avons expressément besoin cette nuit. J'ajouterai même que si vous refusez de le vendre, nous le
prendrons. »

« Vendre ma hutte !... Après tout, si cela leur convenait,
il n'était pas bien difficile d'en construire une autre. Il fallait savoir seulement le prix qu'il y mettrait.

— » Et combien l'estimez-vous, seigneur diable ?

— » Dites vous-même, fit-il sèchement.

— » Mille dollars ! m'écriai-je bien décidé à savoir si
c'était ou non une plaisanterie.

— » Soit ! J'ajouterai même mille autres dollars à cette
première somme, si vous jurez de déguerpir à un mille
d'ici sans regarder derrière vous... »

« La proposition était tentante ; j'acceptai.

— » Voilà la somme, continua le diable ou je ne sais qui
en me jetant une liasse de banknotes. Maintenant filez...
Mais souvenez-vous de ceci : si vous vous arrêtez au coin
du bois, si vous vous cachez derrière un arbre pour nous
épier, nous n'hésiterons pas à vous tuer comme un chien.
Vous êtes averti, maître Jim. Allez... »

« J'étais deviné. Je partis en courant comme un fou,
palpant sous mes vêtements ces chiffons de papier qui
allaient me faire riche à jamais... »

— As-tu entendu ? murmura Hector.

— Silence, imprudent ! répondit Aristide en appuyant à

l'écraser sur le pied d'Hector. On pourrait nous entendre.

— Après ? après ? fit le chœur.

— J'ai couru tout le reste de la nuit me souvenant des recommandations de mes étranges visiteurs. Maintenant que j'étais riche, ce n'était plus le moment de me faire crever la poitrine par une balle de revolver ou la lame d'un bowie-knife.

— Et vous n'avez pas essayé de revoir votre log-cabin ?...

— Si. Le jour dissipant mes craintes, je me glissai comme un pawnie ou un dacotas sous le bois. Hélas ! gentlemen, ma pauvre hutte n'était plus qu'un monceau de cendre, un amas de décombres...

— Peut-être y avaient-ils enterré un cadavre, caché un trésor et allumé l'incendie pour cacher toutes traces ?

— C'est aussi ce que je me dis. Mais j'eus beau fouiller sous les décombres, creuser le sol, je ne trouvai rien. Alors je réfléchis que c'était peut-être pour dépister les recherches qu'ils avaient incendié ma pauvre hutte. Je cherchai ailleurs, le long du fleuve, sous bois, mais en vain. Enfin, après quinze jours ainsi passés, je me dis qu'il était peut-être imprudent à moi, être infime qu'on pouvait broyer, de rester dans ce pays où s'était passé, j'en jurerais, un mystère terrible ; je pris le railway pour New-York où je changeai mes papiers pour de l'or, et me voilà ! Maintenant, vieux pirate, versez à boire à tout le monde : c'est moi qui paie.

Et il jeta sur le comptoir trois ou quatre dollars.

— Hurrah ! cria l'assistance électrisée, hurrah pour Jim !...

Comprenant qu'ils n'avaient plus rien à apprendre dans ce bouge, et bénissant Dieu qui avait permis qu'ils entendissent ce récit si précieux pour eux, Hector et Aristide payèrent leur consommation et s'apprêtèrent à sortir, bien persuadés que Goliath et Weddy les suivraient de près.

Mais déjà l'un des inconnus, la barbe rouge, était entre la porte et eux.

— Monsieur, dit-il, vous avez écouté avec beaucoup d'attention l'histoire que vient de raconter Jim-Bigg. Pourriez-vous me dire si elle vous intéresse...

— C'est ce dont je suis le seul juge... répondit Hector avec hauteur.

— Monsieur, veuillez réfléchir que pour vous faire une telle question j'ai des raisons sérieuses

— Si sérieuses qu'elles soient, elles n'iront pas jusqu'à me forcer à parler si je veux me taire. Bonsoir, Monsieur....

— Et moi je vous dis que vous répondrez ! s'écria la barbe rouge en s'animant. Je ne voyage pas sous un nom d'emprunt, moi, Monsieur ! Je m'appelle Bill Swift, Monsieur!... C'est le nom d'un honnête homme...

— Et que me fait que vous vous appeliez Bill ou Bille ! Laissez-moi passer...

Pour toute réponse Bill se plaça résolûment en travers de la porte.

— Monsieur, vous m'avez insulté ; vous me devez des excuses.

— Allons donc ! fit avec un flegme tout britannique Hector qui, sans en pénétrer le motif, comprenait que cet homme lui cherchait une mauvaise querelle. Vous plaisantez, mon cher ! Laissez-moi sortir...

— Non !

Hector était petit, grêle d'apparence, mais robuste au fond et brisé à tous les exercices de corps. Sa position était ridicule, il le sentait ; la galerie entière avait les yeux fixés sur lui, et il ne pouvait sortir de là que par un coup d'éclat. Aux dernières paroles de Bill, il s'arcbouta sur ses jarrets, et, empoignant le rustre par les épaules, il l'envoya rouler au pied du comptoir.

— Vous l'avez voulu, mon cher, dit-il froidement.

La galerie applaudit. Bill furieux se redressa et vint de nouveau se placer en face de son antagoniste.

— Monsieur, dit-il d'une voix qui cette fois vibrait réellement, vous m'avez insulté. Encore une fois, refusez-vous de me rendre raison?...

— Je ne me bats pas avec le premier venu, fit Hector sans rien perdre de son flegme.

— Eh bien! moi, je vous dis que vous vous battrez...

Et se reculant d'un pas, il lui cracha au visage.

— Misérable! rugit Hector qui sortit son revolver et se précipita sur Bill; tu paieras cet affront de ta vie...

Mais déjà les assistants s'étaient précipités entre eux : Hector étant armé et son adversaire ne l'étant pas.

— Il y a à un mille d'ici un petit bois connu sous le nom de *bois des hêtres*. J'y serai demain avec deux témoins et une bonne carabine, cria Bill du fond de la salle! J'espère ne pas vous attendre en vain.

— J'y serai! répondit Hector.

— N'oubliez pas que, si je n'habite pas Omaha-City, je saurai vous retrouver et vous couper les oreilles si vous manquez au rendez-vous, mon beau gentleman.

Pour toute réponse, Hector haussa les épaules et sortit en fredonnant le *yankee doodle*.

Mais dans la rue ce calme d'emprunt l'abandonna.

— Le misérable! murmura-t-il, il me paiera cher cet affront. Cependant plus je songe à tout cela, plus je me perds en conjectures. Ou cet homme est un fou, ou c'est un ennemi.

— Ne l'avais-tu deviné? fit Aristide sur un ton de doux

reproche. Tu t'es précipité tête baissée, comme un enfant, dans le piége qu'on te tendait.

Ils furent rejoints par Edmund et Goliath.

— Vous avez manqué de prudence, dit le faux quaker. Dans la position où nous sommes, il faut se méfier de tout et de tous, se garer surtout des mauvaises querelles. Ces hommes sont des ennemis, les espions des misérables que nous poursuivons.

— Alors, *ils* seraient ici ?

— Peut-être. En tous cas je le saurai demain.

— Mais, reprit Aristide, ce duel stupide n'aura pas lieu. On ne se bat pas avec des bandits.

— Il aura lieu, répondit le constable. Reculer est impossible maintenant. Et puis, le hasard est si grand, monsieur Hector peut tenir son ennemi râlant sous son étreinte, lui promettre la vie en échange de son secret. D'ailleurs nous serons là.

— Oui, nous y serons! murmura Goliath.

Et il ajouta :

— On ne m'ôtera pas de l'idée que j'ai déjà vu ces deux têtes de gredins.

Ils s'arrêtèrent en face d'un hôtel d'aspect plus rassurant que la taverne du *Grand-Pacifique*. Après un frugal repas chacun monta à la chambre qui lui avait été assignée, car il fallait prendre des forces pour les terribles émotions du lendemain.

Hector, lui, passa une partie de la nuit à écrire. Ses lettres cachetées, il les laissa bien en évidence sur une table, puis, après avoir remis sa cause entre les mains du Dieu tout-puissant, il s'endormit à son tour d'un sommeil calme et réparateur.

## XIV. — Duel à l'américaine.

Aux premières lueurs du jour, nos hardis aventuriers étaient déjà debout. La neige avait cessé de tomber, mais la campagne entière était comme ensevelie sous un blanc suaire cristallisé par la gelée.

Après s'être fait indiquer la direction du bois des Hêtres et avoir emprunté une bonne carabine de précision, meuble utile qui se trouve toujours dans les demeures américaines, les quatre hommes prirent place dans un grand traîneau qui fila bientôt avec la rapidité d'une flèche, emporté par deux vigoureux poneys des prairies.

Le froid était piquant à cette heure matinale et rendu plus vif encore par un fort vent de nord-ouest. Le ciel avait cette clarté transparente particulière aux beaux jours d'hiver, et le soleil, rouge comme un globe enflammé, éparpillait sur l'immense champ glacé qui les réfléchissait mille fois, ses rayons sans force et sans chaleur.

Çà et là apparaissait un bouquet de hêtres dépouillés de feuillage ou de sapins à la verdure éternelle. Autour des troncs noirs et rugueux, le givre s'enroulait en cordons étincelants de tous les feux du prisme, ou pendait comme de fantastiques pandeloques de cristal à l'extrémité des branches raidies.

Ailleurs c'étaient des fermes ensevelies comme des isbas russes sous une épaisse couche de neige, mais dont les hautes cheminées se couronnaient de panaches de fumée ;

des moulins, des scieries mécaniques, construits au bord d'un cours d'eau.

Mais tout cela était triste et silencieux. Les roues, les meules, que l'eau congelée ne faisait plus mouvoir, restaient immobiles et comme ankylosées dans d'énormes blocs de cristal. Personne sur les portes, aux fenêtres. Les domestiques, les ouvriers couraient les bois à la recherche du gibier, ou encore, assis auprès de l'immense cheminée où brûlaient des arbres entiers, écoutaient le maître lire de sa voix grave quelque beau chapitre de la bible.

Le Nébraska est généralement plat et se compose d'une succession de plaines arrosées par de nombreux cours d'eau, tributaires du Missouri, du Nébraska, et de forêts immenses où croissent le chêne, le cèdre, le pin, l'érable, le cyprès, etc... Dans le nord, le terrain s'exhausse en collines qui courent rejoindre le grand massif des montagnes Rocheuses dont les premières ramifications se dessinent à l'ouest. Le sud, au contraire, avec ses plaines à peine ondulées, ressemble aux vastes steppes asiatiques.

Le traîneau glissait avec une rapidité fantastique sur le sol glacé. Weddy conduisait l'attelage d'une main ferme et sûre; dans de pareilles conjonctures, les aventuriers avaient compris combien il serait peu prudent d'immiscer des étrangers à leurs secrets.

La route se faisait silencieusement.

Enfin Goliath étendit la main vers l'horizon, où apparaissaient les cimes bleuâtres d'un grand bois, en disant :

— C'est sans doute ici !...

Quelques minutes après le traîneau s'arrêtait sur la lisière du bois.

Bill et son ami attendaient près d'un traîneau gardé par un troisième individu.

Aristide se concerta rapidement avec le témoin de Bill.

Il fut convenu que les deux adversaires entreraient dans le bois chacun par une issue différente, qu'un coup de revolver tiré en l'air donnerait le signal des hostilités, et que, comme chaque combattant ne pouvait disposer que d'une seule balle, en cas de non résultat des deux côtés, ils pourraient se servir de leurs bowie-knifes.

Le duel était à mort.

Bien qu'Hector fut l'insulté et put par conséquent réclamer le choix des armes, Aristide, au nom de son ami, accepta toutes les conditions de son adversaire. Ce point résolu, Hector et ses témoins restèrent à la lisière du bois, tandis que Bill et Dick Crane montaient dans leur traîneau et s'éloignaient pour y pénétrer par une autre issue.

— Surtout, recommanda le constable à Hector, méfiez-vous!... Les coquins suent la trahison par tous les pores.

— Soyez tranquille, j'aurai l'œil à tout. D'ailleurs, qu'ai-je à craindre ! N'ai-je pas ma conscience et Dieu pour moi ?.....

Ils attendirent anxieux. Enfin une faible détonation retentit au loin, et Hector, se débarrassant de son ulster qui pouvait gêner ses mouvements, serrant sa carabine dans ses mains crispées, s'enfonça sous le bois.

Le silence était profond, à peine troublé par les cris rauques des corbeaux perchés au faîte des vieux pins, ou le passage des animaux légers secouant le givre des taillis. A chaque instant un tronc mort jeté en travers du chemin embarrassait la marche et semblait admirablement disposé pour une embuscade; le froid était si vif que la main ne pouvait supporter le contact de l'acier du fusil.

— A la grâce de Dieu! murmura Hector.

Il avançait toujours, mais lentement et se dissimulant derrière les troncs énormes et rugueux des hêtres, regardant devant lui, derrière lui, à ses côtés, absorbé tout

entier dans l'angoisse poignante de cet affût qui avait un
être humain pour objectif.

L'attente cependant lui pesait et il eût préféré les péripéties si affreuses qu'elles fussent de la lutte à cette anxiété
perpétuelle. Un quart d'heure s'était passé déjà quand,
tout à coup, il entendit une éclatante détonation suivie d'un
cri de douleur.

— Que se passe-t-il ici? murmura-t-il.

Et dédaignant toute prudence, il s'élança dans le sentier,
bondissant par dessus les troncs d'arbres et les buissons,
ne se laissant arrêter par aucun obstacle. Soudain il s'arrêta. Il était parvenu à l'entrée d'une vaste clairière ouverte
dans la forêt par la hache du bûcheron.

— Mon Dieu! dit-il, il est perdu!...

En face de lui, contre le tronc rongé d'un chêne trois
fois centenaire, il venait d'apercevoir Bill Swift terrassé
et essayant de se dérober à l'étreinte d'une énorme louve.
Son fusil désarmé gisait à terre. Il faisait des efforts surhu-
mains pour tâcher de s'emparer de son poignard passé à
sa ceinture; mais la louve affamée l'avait saisi à l'épaule;
le sang coulait abondamment sous ses crocs acérés, tandis
que ses deux pattes appuyées sur la poitrine du malheureux paralysaient ses mouvements.

Une seconde de plus et il était perdu.

C'était certes une bonne occasion pour Hector de se
débarrasser de son ennemi sans même verser son sang :
il n'avait qu'à laisser faire le fauve. Mais, hâtons-nous de
le dire, il n'y pensa même pas ; tous ses instincts généreux
se réveillèrent, et, oubliant sa haine, oubliant l'affront
sanglant qui lui avait été fait, il ne songea qu'à secourir
son ennemi à terre.

— Courage! cria-t-il, on vient à vous.

A ces paroles, au bruit qu'il fit en bondissant dans la

clairière, le fauve se détourna l'œil injecté de sang, la
gueule dégouttante de bave, et parut vouloir s'élancer sur
ce nouvel ennemi. Si prompt qu'avait été ce mouvement,
il avait suffi à Hector. Il leva rapidement son arme et,
visant la louve entre les deux yeux, fit feu.

Le fauve fit un bond énorme, tournoya sur lui-même et
s'abattit sans mouvement sur la neige teinte de sang.

Sans s'en inquiéter, Hector courut au blessé qu'il aida à
se relever.

Morne et farouche, celui-ci le laissa faire.

— Monsieur, lui dit alors Hector, vous voilà débarrassé
d'un compagnon gênant, votre blessure est peu de chose;
nous avons des poignards, vous plairait-il donc de recom-
mencer notre petite partie de plaisir ?

— Non, répondit Bill sourdement, c'est impossible... Ma
blessure d'ailleurs me fait souffrir plus que vous ne pen-
sez. Damnation ! vous m'avez sauvé la vie, vous que j'ai si
cruellement insulté ! vous que j'ai promis de... Ah ! vous
n'êtes pas un homme.

— Je suis un chrétien, répondit Hector simplement.

— Hélas !... pour mon malheur j'ai trop délaissé le
temple... Mais vous m'avez sauvé la vie... et pourtant, je
dois vous nuire... je... Je ne vous hais pas, cependant...
la fatalité m'entraîne !... Monsieur, vous avez des ennemis
terribles qui ne reculeront devant rien, pas même devant
un crime pour se débarrasser de vous. Défiez-vous donc
de tout ce qui vous entoure... veillez sans cesse. Je ne
puis vous en dire plus long. Adieu.

— Vous laisser dans cet état....

— Ne vous inquiétez pas de moi, je sais ou aller. Encore
une fois, adieu !...

— Bill, reprit Hector avec une autorité qui frappa le
bandit, laissez-moi vous le dire, c'est le seul prix que je

réclame du service que je viens de vous rendre, vous suivez une mauvaise voie. Vous n'êtes pourtant pas entièrement perverti, votre émotion le prouve. Les bandits vous ont payé pour le mal, moi je vous paierai pour le bien...

— Non, interrompit Bill d'une voix plus sombre, non, c'est impossible !... Je me suis déjà vendu une fois, c'est assez, c'est même trop... Je ne me vendrai pas une deuxième. Adieu...

Et, jetant sa carabine sur son épaule, il disparut au fond du bois.

Hector, pensif, revint vers ses amis.

— Eh bien ? lui cria Aristide du plus loin qu'il l'aperçut ; il est mort ?

En quelques mots rapides le jeune homme instruisit ses amis de ce qui s'était passé.

— Imprudent ! dit Edmund, vous avez perdu là une belle occasion de vous défaire de ce coquin. Point n'était besoin de vous en occuper, vous n'aviez qu'à laisser faire la louve. Ce Bill Swift ne vous pardonnera jamais ce bienfait.

— Si, répondit Hector fermement. Cet homme n'est pas entièrement gangrené, et d'ailleurs, frapper un ennemi à terre, c'est plus qu'un crime, c'est une lâcheté. Dieu a dit : « Rends le bien pour le mal ». Oh ! il paraissait ému, profondément ému...

Le constable haussa les épaules et sauta le premier dans le traîneau en murmurant :

— Enfin, nous voilà toujours débarrassé de ce maudit duel !...

Le traîneau glissait avec une rapidité vertigineuse sur le sol glacé lorsque soudain le policier remarqua l'absence de Goliath. On tourna bride immédiatement, on fouilla

les abords du bois, mais sans succès : Goliath avait
disparu...

— Nous aurait-il abandonnés ? fit Aristide.

— Non, répondit Edmund, le gaillard nous est dévoué,
car travailler pour nous c'est aussi travailler à l'assouvis-
sement de sa haine. Il aura trouvé une piste intéressante ;
laissons-le faire.

Rentré à l'hôtel, Hector brûla les lettres qu'il avait
écrites la nuit précédente et se jeta sur son lit pour prendre un peu de repos ; les émotions de cette journée terrible
l'avaient brisé.

Il dormait encore quand il sentit sur son épaule la lourde
main d'Edmund Weddy.

— Qu'il vienne donc ! fit-il réveillé en sursaut.

— Il ne s'agit pas de lui ni d'un autre, répondit Weddy,
il s'agit tout simplement de notre prochain départ.

— Notre départ !

— Oui. Au moment d'entrer sous le bois, pendant qu'il
se débarrassait de son manteau, un papier est tombé de
la poche de Bill. Avec de pareils ennemis tous les moyens
sont de bonne guerre. Je glissai le papier dans mon portefeuille, et rentré ici, je l'ai examiné. Il portait ces deux
noms seulement : Omaha-City, San-Francisco.

— Et vous concluez de là ?

— Que les hostilités, ce qui est arrivé, devaient com-
mencer à Omaha-City et se continuer jusqu'à San-Francisco, que les bandits sont dans cette dernière ville, puisque
c'est là qu'ils donnent rendez-vous à leurs complices. De
plus, en interrogeant l'hôte du Grand-Pacifique, j'ai appris
que Bill et Dick avaient des billets pour San-Francisco
et ne se sont arrêtés ici que parce que nous nous arrêtions
nous-mêmes. Après notre départ ils se sont vantés tout

haut qu'ils nous poursuivaient depuis New-York pour
nous forcer à vider une vieille affaire d'honneur...

— Et Goliath?

— Nous allons lui laisser une carte avec une adresse.
Le train part dans une demi-heure. Venez.

---

### XV. — De l'éloquence de Goliath et des remords de Bill Swift.

Edmund Weddy avait rencontré juste en pensant que
Goliath avait découvert une piste.

En revoyant, au grand jour cette fois, Bill Swift et Dick
Crane, l'idée qui l'avait frappé la veille s'était de nouveau
implantée dans son cerveau.

— J'ai vu ces deux gredins là quelque part ! murmura-
t-il. J'en suis tellement sûr que j'en ferais le serment.

Dans les grands centres populeux tels que Paris, Londres, New-York, il existe une sorte de franc-maçonnerie
du vice, dont les adeptes se reconnaissent tout de suite
quelque soit le lieu où ils se trouvent, quelque soient les
costumes, les noms qu'ils prennent.

Goliath avait trop longtemps vécu d'expédients plus ou
moins honnêtes pour ne pas connaître la tourbe cosmopolite qui hante les bas fonds de New-York.

— Je le saurai ! se dit-il.

Et après s'être tâté pour bien s'assurer que ses armes
étaient toujours sous ses vêtements, il se jeta sous le bois,
sans oser prévenir Weddy de peur que celui-ci voulut se

joindre à lui et entravât par sa présence un projet qu'il considérait comme des plus chanceux.

Il se guida d'abord par les empreintes profondément accusées et laissées par les pieds d'Hector, partout où l'ombre des arbres avait conservé la neige. Il arriva bientôt à la clairière où la lutte de l'homme et du fauve avait eu lieu. Le cadavre de la louve était encore là sinistre et rigide sur la neige teinte de sang. Goliath haussa dédaigneusement les épaules.

— Pourquoi n'a-t-il pas laissé la louve achever l'œuvre qu'elle avait si bien commencée? murmura-t-il. Nous aurions un ennemi de moins sur les bras... Enfin!...

Il traversa la clairière la tête baissée, les narines dilatées comme un vieux trappeur en quête d'une piste. Il ne tarda pas à découvrir les empreintes de Bill plus larges que celles d'Hector et plus enfoncées dans la neige. Grâce à ce fil conducteur, il put sortir du bois et tomber juste sur le point où les bandits étaient montés en traîneaux.

De là, pour conserver la piste, il n'avait qu'à suivre les longs sillons ouverts dans la neige par les patins du véhicule.

— Les imbéciles! dit-il, ils n'avaient qu'à laisser leur adresse, c'était bien plus simple!... Il est vrai, continua-t-il, qu'ils ne pouvaient se douter du bon tour que j'ai l'intention de leur jouer.

Le bois traversé, la plaine s'étendait de nouveau à perte de vue, sinistre dans sa blancheur sépulcrale. Le pays paraissait désert. Pas une ferme, pas une hutte dans les environs : partout l'image de la désolation et de la mort.

Goliath interrogea successivement les quatre points cardinaux avant de prendre un parti, tant cette solitude l'effrayait. Mais le but était proche, une épaisse forêt découpait en bleu sur le ciel sombre, les silhouettes de ses arbres géants, et il pressa le pas.

Une heure après il entrait sous bois. Les patins du traîneau, là encore, avaient laissé de profondes empreintes sur le sol neigeux. Décidément la piste était des plus faciles à suivre.

Goliath allongeait résolûment les jambes. La tristesse du temps lui pesait lourdement et il entendait au loin, dans les taillis, des froissements de mauvais augure, des cris rauques et discordants.

— Il ne me manquerait plus que de me trouver face à face avec un loup affamé, un ours brun ou gris? dit-il en frissonnant.

Il marcha longtemps encore. La nuit venait avec cette rapidité particulière aux jours d'hiver. Pour comble de malheur, des torrents de neiges s'abattirent en tourbillonnant sur la route, et couvrirent bientôt les empreintes qui guidaient le malheureux Goliath.

Les hurlements des loups se faisaient entendre au loin, lugubres et mille fois répétés par les échos de ce désert.

Le vent passait à travers les branches dépouillées des arbres qui pliaient et s'entrechoquaient avec bruit; du fond du bois s'élevaient des clameurs déchirantes, des sanglots longs et continus; la neige tombait toujours.

— Allons, murmura Goliath, il faut avouer que la position n'est pas agréable... Mourir gelé ou dévoré par les loups, voilà les deux seules alternatives qui me restent.

Mais il s'interrompit en poussant un cri de joie : là-bas, tout là-bas au fond de l'allée forestière brillait une clarté rougeâtre.

— Enfin! dit-il en visitant rapidement les batteries de son revolver, je touche au but.

Et se dissimulant prudemment derrière les troncs des

arbres, il marcha résolûment vers cette lumière qui apparaissait à ses yeux comme la lueur du phare sauveur à ceux des marins ballottés par la tempête...

Quelques minutes après, il s'arrêtait en face d'une hutte construite avec de solides madriers de chêne et couverte de branches étroitement enlacées et mélangées de terre glaise. La neige couvrait tout cela et donnait à la misérable demeure un aspect pittoresque. A travers la porte entrebâillée, on voyait un feu immense brûler dans le foyer primitif : c'était cette lueur qui avait guidé Goliath.

L'intérieur de la hutte répondait à l'extérieur. Les murailles montraient l'écorce des arbres qui avaient servi à sa construction ; le toit en partie effondré laissait filtrer la neige fondue en minces gouttelettes. Mais partout se voyaient des haches, des carabines, des revolvers pêle-mêle avec des crocs, des filets, des pagaies, des bois de cerfs et des cornes de bisons.

Au moment où nous y pénétrons, deux hommes se trouvaient dans la cahutte que les reflets du foyer éclairaient tout entière. Assis devant le feu sur une bille de chêne, l'un de ces hommes surveillait la cuisson d'un quartier de chevreuil embroché sur une baguette de fusil ; le second, sombre et morne, était étendu sur l'unique lit, une peau de bison clouée sur un cadre de bois reposant sur quatre pieds à peine équarris.

Ces deux hommes étaient Bill Swift et Dick Crane son digne complice et ami.

— Damnation ! dit Bill tout à coup, je ne pourrai jamais chasser cette idée !...

— Tu souffres, poule mouillée... fit Dick en haussant les épaules.

— Oui, de l'âme. Quel rôle ai-je joué ? le rôle d'un niais, d'un lâche. Cet homme m'a pardonné à moi qui lui ai infligé le plus cruel affront qu'un homme puisse infliger à un homme! à moi qui, pour gagner quelques misérables dollars, lui ai tendu un piége infâme!... Et il m'a pardonné ! il m'a sauvé la vie quand il lui était si facile de laisser le fauve achever son œuvre! J'aurais dû tout lui dire, implorer sa pitié... et j'ai été lâche, je me suis tu...

— Mon vieux Bill, interrompit Dick avec dédain, tu baisses ! Encore quelques jours de réflexions pareilles et tu ne seras plus bon qu'à servir un ministre, à moins que tu ne te fasses quaker.

— Ne raille pas! sur ta vie, ne raille pas! s'écria Bill qui bondit hors de sa couche. Tu le sais aussi bien que moi, nous sommes liés à ces êtres infâmes, tout retour vers le bien nous est impossible. Tiens, par moment, je regrette de n'être pas mort ce matin.

— Il ne faut rien regretter, gentleman, fit une voix joyeuse sur le seuil, car il y a remède à tout sauf à la mort...

— On nous épiait! rugit Dick en sautant sur sa carabine.

— Bonsoir Dick Crane! bonsoir Bill Swift! continua Goliath, en allant s'asseoir près du foyer. Je me disais bien ce matin que nous étions de vieilles connaissances, et je vois avec plaisir que je ne me suis pas trompé. A votre tour, regardez-moi.

Et il leva le grand feutre qui lui cachait une partie du visage.

— John Hylliars! dirent les deux bandits.

— Autrement dit Goliath. Ça, causons.

Il dit ces derniers mots tranquillement, en souriant. Les deux bandits ébahis, stupéfaits de tant d'audace, ne trouvaient pas une parole à répondre.

Ce fut Bill qui le premier revint à lui.

— Vous l'avez dit, Goliath, fit-il d'une voix tremblante,

d'émotion, nous sommes d'anciennes connaissances. A
cause de cela, à cause du service que m'a rendu celui que
vous servez, service que je n'ai pas oublié, croyez-le, nous
vous laisserons partir sain et sauf. Mais partez vite ! dans
une heure peut-être il serait trop tard.

— Je ne partirai pas, Bill, que vous ne m'ayez dit le nom
de celui qui vous paie et dans quel but vous nous pour-
suivez depuis New-York. Oh! ne roulez pas des yeux furi
bonds, vous ne m'épouvantez pas... je n'ai pas peur, et la
preuve c'est que voilà mes armes, la preuve c'est que je
suis venu seul...

— Damnation !...

— Vous ne voulez pas répondre... je parlerai, moi. Les
coquins qui vous ont embauchés, Archibald Loyton et
Nichols Godvolke, voilà leurs véritables noms, vous ont
donné pour mission de suivre les gentlemen que je sers,
comme vous le disiez si bien tout à l'heure, de les tuer en
détail à moins que vous ne puissiez le faire en bloc ; la
querelle d'hier en est une preuve. Pour cela on vous a
donné mille, deux mille dollars, on vous en a promis dix
fois autant l'affaire faite. Est-ce vrai? Seulement, mes
petits amis, je tiens à vous dire une chose qui changera
peut-être vos idées. Moi aussi j'ai servi Archibald et
Nichols ; nous étions amis, inséparables ; nous avions levé
le lièvre ensemble, nous l'avions chassé ensemble, et
quand l'heure de partager est venue, savez-vous ce qu'ils
ont fait? Non? Eh bien regardez cette cicatrice... Une
ligne plus bas et c'était fini. Voilà la reconnaissance de vos
patrons...

En même temps il montra la cicatrice rouge encore de la
terrible blessure produite par le poignard de Nichols.

— Autant vous en est réservé, mes chers amis. Archibald
et Nichols n'aiment pas les complices gênants. Vous êtes

8

des instruments entre leurs mains ; quand vous leur serez inutiles, ils vous briseront. Maintenant, écoutez ; au nom de mon maître, l'héritier cinq ou six fois millionnaire d'Ichabod Creikfoorth, je viens vous proposer ceci :

« Servez-nous et la récompense dépassera votre attente ; servez-nous et si vous avez quelques légères peccadilles sur la conscience nous en obtiendrons l'absolution de la Justice. Bill, Dick, vous glissez sur une pente fatale, mais il est encore au fond de vos cœurs des sentiments d'honneur et de loyauté, ne les étouffez pas... La misère, dit-on, est mauvaise conseillère : eh bien ! je viens vous apporter l'aisance, la fortune même, une fortune que vous gagnerez loyalement, qui ne vous coûtera aucun remords, et qui, j'en suis sûr, fera de vous d'honnêtes et braves citoyens...

» Voilà ce que j'avais à vous dire : d'un côté la honte, l'infamie, la mort peut-être ; de l'autre la satisfaction d'avoir aidé à la punition d'un grand crime, la réhabilitation du passé... Choisissez... »

Goliath s'était animé. On voyait que l'ancien bandit était convaincu, avait foi en lui-même, croyait en ses propres paroles. Son éloquence sauvage et passionnée toucha les deux bandits. Ils hésitaient néanmoins.

— Nous avons donné notre parole, dirent-ils enfin.

— Nul n'est forcé de tenir la parole donnée pour le mal, répondit Goliath sérieusement. Archibald et Nichols, j'en suis sûr, trament contre vous de mauvais desseins ; quand ils auront tiré de vous tout ce qu'ils auront voulu, ils vous briseront comme ils m'ont brisé... Est-ce donc se parjurer que de les prévenir ?

Bill et Dick se concertèrent à voix basse. Au fond, ils étaient sans haine contre Hector et ses amis, et la proposition de Goliath qui supprimait le péril et laissait la récompense était tentante. Aussi répondirent-ils bientôt :

— Vous nous garantissez l'impunité du passé, une récompense au moins égale à celle que nous étions en droit d'attendre...

— Oui.

— Alors nous sommes à vous.

— Parbleu, fit Goliath, je n'en avais pas douté un seul instant ! Et maintenant, en route...

Il ouvrit la porte. La nuit était obscure sans un rayon de lune, sans une étoile et la neige continuait à tomber. Goliath recula ; il était impossible de se mettre en route par un temps pareil.

—Attendons, dit-il en reprenant sa place au coin du feu, et pour passer le temps, causons.

— Causons, répétèrent Bill et Dick en s'asséyant à ses cotés.

———

**XVI. — Où l'on retrouve deux anciennes connaissances.**

Il est deux personnages, dignes à tous égards de notre intérêt, que nous avons laissés trop longtemps dans l'ombre.

Il s'agit d'Archibald et de son digne ami.

— Il était temps ! avait dit Archibald quand la lueur d'un éclair lui montra la voiture roulant comme une avalanche sur la route défoncée par l'orage.

Et prêtant l'oreille il écouta encore.

Un cri déchirant se fit entendre.

— A moi !...

— Damnation ! il n'est donc pas mort ! fit Nichols en frissonnant de terreur. Mais il connaît tous nos projets ! mais il peut nous perdre !...

— Pas de paroles... à l'œuvre !...

Quelques minutes après, le petit yacht tellement penché que ses plats-bords rasaient le flot, descendait le Susquehanna emporté par un courant rapide, par un vent furieux qui gonflait sa voile blanche.

C'était un solide petit navire, à fond presque plat, jaugeant quinze tonneaux environ et construit spécialement pour la navigation fluviale.

En Amérique l'éducation est telle que rarement un homme se trouve embarrassé pour conduire un navire pas plus qu'un cheval.

La tempête sévissait avec un redoublement de fureur ; mais qu'importait aux bandits ! Leur navire filait avec la rapidité de l'oiseau emporté par l'ouragan, et ils n'avaient qu'une seule pensée, qu'une seule préoccupation : fuir, fuir le plus loin possible... Si endurcis qu'ils fussent, ils voyaient toujours devant eux Ichabod, blême, frémissant, les maudissant d'un dernier regard ; ils entendaient retentir à leurs oreilles, comme le tintement d'un glas funèbre, le dernier cri de Goliath.

Nichols tenait la barre dans sa main crispée ; assis à quelques pas de lui Archibald veillait à la voilure prêt à raidir ou à larguer les écoutes, à diminuer de toile à la moindre apparence de danger : la précieuse caisse, fruit du crime, reposait au milieu du navire.

— Il faut prendre un parti... dit brusquement Nichols. Goliath n'est pas mort, il peut nous trahir, servir nos ennemis...

— Pourquoi aussi ce meurtre inutile ? répondit Archibald avec un profond découragement.

— Laissons cela ! le passé est le passé. Pour le moment, il faut nous débarrasser de cette caisse compromettante, trouver des déguisements et dépister les recherches.

— Comment !

— Laisse-moi faire, j'ai une idée.

Il fit sonner sa montre, le jour allait paraître bientôt. Alors il dirigea du côté de terre le petit navire qui, grâce à son fond presque plat, put accoster assez près pour permettre aux deux hommes de sauter sur la berge.

— Qu'allons-nous faire ? demanda Archibald.

— Voici, c'est de la dernière simplicité. Nous allons nous mettre à la recherche de la cabane d'un bûcheron, ce sera facile à trouver, et de gré ou de force, nous en expulserons le propriétaire sans le laisser rien emporter de ses vêtements ni de ses outils. Les premiers nous serviront à nous déguiser, les seconds à creuser le sol.

— Après ?

— Après ? nous mettons tout simplement le feu à la baraque, puis nous remontons en bateau munis de haches et de pics ; nous descendons le fleuve jusqu'à ce que nous ayons rencontré un site assez sauvage pour ne pas craindre qu'il soit bouleversé de longtemps, assez particulier pour pouvoir le reconnaître facilement ; nous enterrons profondément notre trésor, et nous sabordons le yacht pour faire perdre notre trace... voilà...

— Je comprends tout sauf la nécessité d'incendier la cabane.

— Niais !... Son propriétaire sera convaincu que nous y avons caché un trésor et que cet incendie n'a d'autre but que d'en marquer la place. Il faut tout prévoir, cet homme, si nous ne le tuons pas, et j'ai la main si malheureuse cette nuit que je préfère ne pas l'essayer, cet homme, dis-je, reviendra et aura des soupçons qu'il importe de détourner...

On a vu, par le récit de Jim Bigg, comment ce plan machiavélique des bandits avait reçu sa complète exécution.

Après s'être déguisés avec les loques du bûcheron, nos deux coquins mirent le feu à la cabane, et remontèrent vivement dans leur barque.

Le jour, qui se levait, leur montra bientôt un amas de rochers aux profils étranges et bien faciles à reconnaître quand on les avait vus une fois. Ce fut là, au pied de ces masses granitiques, qu'ils enfouirent profondément le trésor.

— Au bateau ! dit Nichols.

A grands coups de hache ils abattirent le mât, tranchèrent les cordages, sabordèrent les flancs du gracieux navire, et, le poussant brusquement, l'abandonnèrent au fil de l'eau.

Ils le virent s'enfuir rapidement d'abord, puis, le flot s'engouffrant par les larges déchirures de ses flancs, il ralentit sa course, enfonçant à chaque minute pour disparaître enfin.

Les bandits respirèrent.

— Les preuves sont anéanties, dit Nichols avec un sourire de triomphe ; l'avenir est à nous...

Le soir même ils étaient à New-York.

Là, ils étaient chez eux, ils connaissaient mille bouges infâmes, repaires des plus sinistres gredins et dans lesquels les constables ne faisaient que de rares apparitions, ils avaient la facilité de changer de costume vingt fois par jour, de s'assurer les services d'une agence occulte et parfaitement renseignée. D'ailleurs, aussi vigilante que soit la police, le coupable échappe bien plus facilement à la loi dans les grands centres populeux que dans les petites villes, où chacun se connaît pour ainsi dire, où l'étranger quel qu'il soit est toujours le point de mire des défiances les moins légitimes, des suppositions les plus osées.

Mais si, confondus dans la tourbe cosmopolite des bas-fonds de New-York, ils essayaient de se faire oublier, ils n'avaient pas renoncé à se tenir au courant des suites du drame terrible dont ils avaient été les principaux acteurs.

Chaque matin ils lisaient attentivement les journaux de New-York et de Pensylvanie qui s'occupaient de cette grave affaire. Leurs signalements étaient donnés, et plusieurs journalistes en quête d'actualité leur avaient esquissé des biographies qui, si elles manquaient d'exactitude, brillaient au moins par une haute fantaisie...

Bref, les deux coquins étaient devenus des personnages célèbres, des sortes de croquemitaines dont le nom seul effrayait les paisibles bourgeois.

Ils en riaient, mais se tenaient toujours dans les bornes de la plus stricte prudence.

Un jour sous un costume, un jour sous un autre, ils ne manquaient jamais de se trouver à l'arrivée des trains de Pensylvanie, examinant, défigurant les voyageurs. Pendant plus d'un mois leur attente fut vaine.

L'affaire Creikfoorth, d'ailleurs, subissait le sort commun : après en avoir beaucoup parlé, on ne s'en occupait plus : d'autres crimes, d'autres préoccupations avaient passé dessus.

Enfin un soir, après un mois d'attente, les bandits, confondus dans la foule, virent avec un affreux serrement de cœur Goliath, Hector, Aristide et Edmund Weddy, descendre de wagon en compagnie de plusieurs policemen.

— Eux ! firent-ils, eux !...

Et quoique grimés et déguisés, grimés au point de se reconnaître à peine eux-mêmes, ils sentirent le frisson courir dans leurs chairs.

Mais ce ne fut qu'un éclair. Maîtrisant son émotion, Nichols siffla un des *roughs* (1)qui se disputaient les bagages des voyageurs.

— Veux-tu gagner cinquante-cents (2)? dit-il à l'enfant have, émacié, à peine couvert de haillons, vrai type enfin du gamin de la rue.

— Que faut-il faire? gentleman.

— Suivre tout simplement ces gentlemen, savoir où ils vont, le nom de l'hôtel où ils descendront. Va, nous t'attendrons dans le *bar-room* (3) du coin.

L'attente fut longue. Enfin l'enfant revint essoufflé, en sueur, mais la mine triomphante.

— Eh bien! sais-tu?... demanda Nichols.

— Mon argent d'abord.

Nichols lui donna la récompense promise; les yeux de l'enfant pétillèrent de plaisir, et il répondit aussitôt :

— Hôtel de l'Union, Chatham-Street..

— Bien, maintenant si tu veux gagner un dollar chaque jour, ne quitte pas les abords de l'hôtel, fait causer les domestiques, tâche de savoir ce que font ces gentlemen, où ils veulent aller... Va, nous t'attendrons ici tous les soirs.

— A quoi bon cet espionnage! fit Archibald en haussant les épaules.

— A nous garer du danger, si un danger nous menace. Ne sais-tu donc pas qu'ils ont juré notre perte? Par Goliath le maudit, ils connaissent une partie de nos projets ; ils savent que nous devions fuir New-York et nous cacher dans les solitudes du Kansas ou du Nébraska, que nous avons enfoui une partie de notre trésor sur les bords du

(1) Vagabond.
(2) Deux francs cinquante.
(3) Sorte de café restaurant.

Susquehanna et tenteront tout pour se l'approprier. A cette heure, j'en suis sûr, ils préparent une expédition dans l'état de Nébraska.

— Eh bien, laissons-les s'égarer sur un fausse piste.

— Non, fit Nichols avec un sourire sinistre, suivons-les au contraire, car tant qu'un d'eux restera, notre trésor ne sera pas en sûreté. C'est une belle saison pour voyager que l'hiver, une saison fertile en accidents, en catastrophes... Supposons que deux ou trois gaillards, bien instruits par nous, s'embarquent dans le même train que nos ennemis, les suivent à la piste, leur cherchent querelle, les tuent les uns après les autres à moins qu'ils ne trouvent l'occasion de les expédier en bloc... Ne serait-ce pas providentiel?

— Mais ces hommes, ces gaillards?...

— Nous les trouverons ; viens...

Nichols, en homme sûr de lui-même, entraîna son digne complice vers le port. Là existent des Gin-Houses, des tavernes infectes fréquentées par les matelots, les pêcheurs, les portefaix, etc..., tous gens qui vivent de la mer ou des travaux du port. Une de ces tavernes, à l'enseigne de l'*Ancre Rouge*, était principalement connue de Nichols. La première salle, celle où tout le monde était admis, se peuplait ordinairement de simples buveurs ; mais pour pénétrer dans la pièce du fond, il fallait donner le mot d'ordre.

Ce mot, il le connaissait.

Quelques minutes après, suivi d'Archibald, il pénétrait dans une pièce basse, voûtée, éclairée par des petites lampes à pétrole, dont les lueurs rougeâtres parvenaient à peine à percer l'épais nuage de fumée produit par plus de vingt pipes toujours allumées.

Là, autour de petites tables, une cinquantaine de gaillards aux figures basses et cyniques, buvaient, jouaient, fumaient.

L'or rutilait sur les tables, lançant de fauves éclairs ; chaque joueur avait devant lui son couteau ou son revolver.

— Tiens, dit Nichols en montrant à Archibald deux hommes assis à la même table et comptant leur butin, voilà Bill Swift et Dick Crane... deux solides gaillards...

Et tirant une poignée de dollars de sa poche, il la jeta sur la table.

— Vous jouez, gentlemen ? demanda Bill en tressaillant à ce son aimé.

— Nous en avons encore quelques centaines comme cela à perdre, répondit Nichols d'un air dégagé. Mais tenez-vous bien, nous sommes de rudes joueurs.

La partie s'engagea aussitôt. A tous coups Nichols et Archibald perdaient par la raison toute simple que les cartes étaient biseautées. Cependant ils n'en disaient rien, cela entrait dans leur programme.

Enfin les derniers dollars de Nichols passèrent dans la poche de Bill. Archibald et Nichols échangèrent alors un regard, et se levant brusquement ils s'emparèrent des armes et des cartes de leurs adversaires.

— Coquins ! s'écria Nichols jouant l'indignation ; est-ce là ce que vous appelez jouer loyalement ?...

— Des policemen ! murmurèrent les coquins atterrés.

Aucun des assistants n'avait détourné la tête. Qu'importait une querelle de plus ou de moins dans ce bouge infâme !...

— Reprenons nos places et causons, reprit Nichols avec autorité, nous ne sommes pas ce que vous croyez.

Les coquins obéirent et une longue conversation s'engagea entre ces quatre hommes si bien faits pour se comprendre. Menacés d'une dénonciation, alléchés par les promesses de Nichols, Bill et Dick acceptèrent la mission qui leur était proposée.

— Trois mille dollars au moment du départ, vingt mille si vous nous apportez la preuve que ces hommes n'existent plus, dit Nichols en terminant.

— Entendu !... Et où faudra-t-il vous apporter ces preuves.

Nichols réfléchit un momer

— A la Nouvelle-Orléans, dit-il enfin.

---

### XVII. — D'Omaha-City à San-Francisco.

Le lendemain, après une bonne nuit passée dans le log-cabin, Goliath et ses nouvelles recrues quittaient la forêt pour se rendre à Omaha-City.

L'ex-bandit rayonnait; la veille, Bill lui avait raconté de quelle manière lui et son compagnon étaient devenus les créatures de Nichols, comment, forcés de choisir entre la prison et une obéissance passive, ils avaient préféré l'obéissance malgré tous ses périls.

— Mais j'y songe, avait dit Goliath, les coquins ne se sont pas présentés à vous sous leurs véritables noms.

Pour toute réponse Bill avait tiré de son portefeuille une carte sur laquelle ces mots étaient grossièrement tracés :

« JAMES ROBERTSON.

» Rue du Rempart, 10,

» Nouvelle-Orléans. »

— Malédiction! avait repris Goliath, les coquins nous ont roulés!... Nous faire courir dans l'ouest pendant qu'ils s'établissaient dans le sud, c'est presqu'un trait de génie. Heureusement qu'il n'est pas trop tard encore. Un homme averti en vaut deux. En route.

Un fermier dont l'habitation ne se trouvait qu'à un demi-mille du log-cabin leur avait prêté un traîneau et un cheval, et ils étaient partis.

Ce fut d'un air triomphant que Goliath pénétra dans l'hôtel, où il se croyait sûr de rencontrer ses compagnons. Mais sa joie se changea bien vite en stupeur quand l'hôtelier lui assura que, la veille, Hector et ses amis avaient pris le Railway.

— Trop tard! toujours trop tard! fit-il avec découragement. Enfin, ils vous ont dit où ils allaient?...

— Je l'ignore, répondit l'hôtelier; mais voici qui vous renseignera sans doute.

En même temps il lui tendit une enveloppe cachetée. Goliath l'ouvrit vivement et en tira une feuille de papier qui ne portait que ces mots :

« Sommes sur la vraie piste. Venez nous rejoindre à San-Francisco, Great Hotel. »

— Pas d'argent ! s'écria Goliath avec une grimace comique. Comment faire pour les rejoindre?

L'hôtelier sourit, et, ouvrant le tiroir de sa caisse, en tira un portefeuille bourré de banknotes qu'il tendit à dépité Goliath.

— A la bonne heure! fit celui-ci. L'argent est le nerf de la guerre et des grandes choses, nous réussirons.

Et tirant Bill à l'écart :

— N'étiez-vous pas convenus d'une correspondance avec ce Nichols... ce James Robertson? fit-il.

— Je devais l'instruire par dépêche, chaque fois qu'un fait sérieux modifierait la situation.

— En termes ambigus, je présume ?

— Sans doute.

— Eh bien, reprit Goliath, il faut tenir votre promesse. Cela le tranquillisera et lui fera attendre plus patiemment votre retour.

Et déchirant une page de son calepin, il y traça ces mots :

« M. James Robertson, 10, rue du Rempart, Nouvelle-» Orléans. — Quatre chevaux arrivés en bon état, sauf un » qui s'est cassé la jambe en descendant de wagon. Avi-» sez. — Bill. »

— S'il ne comprend pas il sera bien bête, ou plutôt s'il comprend c'est qu'il sera bien malin, dit Goliath qui donna sa dépêche à un domestique avec l'ordre de la porter au bureau télégraphique. Maintenant déjeunons et après, en route.

Ils s'attablèrent tous trois comme de vrais amis en face d'un jambon de Cincinnati qu'ils arrosèrent de vin passable. Bill et Dick avaient repris toute leur bonne humeur et se montraient ce qu'ils étaient réellement, c'est-à-dire des garçons intelligents et surtout industrieux. Quoique sa blessure le fît bien souffrir, Bill refusa de rester à Omaha-City attendre le retour des aventuriers.

— Non, dit-il, ce ne sera rien.

Il faisait bien froid au dehors, et des rafales de neige s'abattaient en blancs tourbillons sur le sol gelé. Dans la taverne aux fenêtres bien closes, le poêle ronflait joyeusement répandant une chaleur savamment calculée ; les pipes étaient allumées, le wiskey, l'eau-de-vie de France remplissaient les verres, et personne ne songeait à quitter la table avant l'heure du train.

Il fallut cependant s'arracher à ce doux bien-être, et partir.

D'Omaha-City le train suit une voie unique, sans em-
branchement, jusqu'à Platte City. A part quelques petites
bourgades, quelques stations sans importance, on ne voit
autre chose que des forts aux murailles de bois, des fermes
toutes primitives et rappelant les premiers temps de la
civilisation.

Le convoi avançait lentement ; car, malgré d'énormes
chasse-neige placés à l'avant de la locomotive, il fallait
presqu'à chaque instant désobstruer la voie couverte de
plusieurs pieds de neige. Les voyageurs alors mettaient
pied à terre, aidaient les employés ou se promenaient battant la semelle pour se dégourdir un peu.

Enfin on dépassa Platte City, la Cheyenne, charmante
petite ville construite dans un site pittoresque ; on entrait
dans les Montagnes Rocheuses dont on apercevait au loin
les cimes éblouissantes sous leurs blanches parures de
frimas.

Dès lors le paysage changeait du tout au tout, le décor
se faisait plus terrible. La voie ferrée serpentait au milieu
d'entassements chaotiques de roches brunes ou noirâtres,
aux profils étranges, aux sommets couverts de neiges ;
franchissait les lits des torrents, les canons encaissés entre
de hautes murailles granitiques où s'ouvraient de profondes cavernes, séjours aimés des fauves; où poussaient
entre ciel et terre des pins, des mélèzes gigantesques aux
branches bizarrement contournées et chargées d'innombrables stalactites de glace brillante comme le plus pur
cristal.

Puis c'étaient des abîmes profonds, insondables que traversait un léger pont de fil de fer vibrant et tremblant
comme une feuille sous le rapide passage des wagons ; des
vallées étroitement encaissées et dominées de tous côtés
par les crêtes, les aiguilles aiguës des sierras ; des rivières

bordées d'arbres complètement dépouillés s'agitant comme de noirs squelettes au souffle de la rafale ; des torrents entièrement congelés et brodant le fond sombre des rochers d'une riche dentelle d'argent.

On entrait dans le Wioming, l'un des états les plus accidentés de l'Union américaine.

Le soleil, comme s'il eût voulu, lui aussi, sourire aux aventuriers, brillait maintenant dans un ciel pur et sans nuage, et sa lumière éclatante quoique sans chaleur faisait resplendir les faîtes des glaciers, incendiait des plus vives couleurs la surface gelée des rivières, filtrait pleine de magie à travers les branches dépouillées des grands arbres.

— Que c'est beau le soleil ! disait Goliath en se détirant.

— Oui, répondait Dick, c'est beau... et quand, comme nous, on a vécu de longs jours enfermé dans une boîte sans air, on en comprend encore mieux tout le charme.

Les nuits aussi étaient splendides et étoilées. Plus de tempêtes, de bourrasques, de chasse-neige si terribles dans ces régions. A tous ces bouleversements avait succédé un calme solennel, plein d'attrait et de poésie.

— On approche ! on approche ! disait Goliath à chaque nouvelle station.

On approchait en effet. Le monstre de fer aux flancs enflammés précipitait sa marche infernale et vomissait par sa cheminée largement évasée de noires volutes de fumée ; on dépassa Salte-Lake-City, la nouvelle cité des Mormons, située au sud du grand lac Salé et qu'un tronçon de railway relie à la grande ligne du Pacifique, Lancaster, Sacramento, au confluent de la rivière de ce nom et de l'Américan-River : on était aux portes de San-Francisco.

Ce long voyage d'une semaine était accompli.

—Enfin ! s'écria Goliath en mettant pied à terre ; nous y sommes donc !

San-Francisco est peut-être le point du globe qui a été le plus souvent décrit. Quel est le romancier qui n'a pas conduit ses lecteurs dans cette capitale de l'or, dans cet Eldorado moderne où l'invraisemblance était vraisemblable ? Pourtant aucune description ne ressemble à l'autre. C'est que, outre cette faculté commune à l'espèce humaine de voir les mêmes objets sous les aspects les plus différents, San-Francisco, vingt fois brûlé, vingt fois rebâti, n'a pas gardé deux ans de suite la même physionomie.

A la place de cette ville de bois, aux rues étroites et obscures, véritables coupe-gorge passé le coucher du soleil, aux maisons noires, branlantes, réceptacles de tous les vices, de toutes les infamies, une ville nouvelle s'est élevée avec des hôtels, des palais, des églises, des temples, des théâtres, des cafés concerts, des parcs, des jardins.

Là où autrefois on n'entendait que les chants obscènes des mineurs enrichis par le hasard, l'horrible tumulte des rixes et des batailles, où l'on n'adorait d'autre Dieu que le *Dieu dollar*, où l'écume de tous les pays s'était donné rendez-vous, on voit maintenant une ville coquette, bien bâtie, aux grandes maisons de pierre et de brique, aux magasins splendides. Le port et la baie, une des plus vastes du monde, fourmillent de navires de toutes les nations, portant tous les pavillons ; les quais sont couverts le ballots, de caisses, de tonneaux que de noirs portefaix, les *coolies* chinois roulent, traînent, emmagasinent dans des docks immenses sous la surveillance d'une armée de commis, de douaniers.

Le commerce, un commerce qui embrasse les produits des cinq parties du monde, a donné à San-Francisco une prospérité plus solide et surtout plus réelle que la fameuse *fièvre de l'or !*

San-Francisco est pourtant resté la ville la plus cosmopolite du monde. Sur ses quais, dans ses larges rues on peut voir des spécimens de toutes les races, mais l'élément qui y domine le plus est l'élément chinois. San-Francisco compte dans ses murs plus de 150,000 de ces habitants du céleste empire livrés à tous les métiers, depuis celui de portefaix jusqu'à celui de barbier, de manœuvre, de cordonnier, etc... Quelques-uns ont avec eux leurs femmes, leurs enfants et vivent en famille; mais le plus grand nombre n'a qu'un but : s'enrichir ; qu'un désir : retourner gonflé comme une éponge de dollars américains dans le pays des mandarins, leur patrie.

Leur quartier forme presqu'une ville dans la ville ; ils ont leurs magasins, leur théâtre, leurs gargottes impossibles. C'est là qu'ils vivent, entassés les uns sur les autres dans des caves souvent, mal vêtus, plus mal nourris encore, mais entassant dollar sur dollar, arrondissant chaque jour leur petit pécule.

Tout ce monde — blancs, noirs, jaunes, — vit en paix, sous l'œil vigilant de la police, dans cette ville où quelque vingt ans auparavant on ne connaissait d'autre justice que celle du revolver et du bowie-knife, d'autre loi que la *Law-Linch.*

Chose bizarre qui prouve combien la civilisation a marché vite !...

— Enfin ! s'était écrié Goliath en descendant de wagon ; nous y sommes donc ?...

Et hélant un fiacre, sans s'inquiéter de ses bagages, car il n'en avait pas, il y fit monter ses compagnons, et dit au cocher :

— Great Hotel !

9

Le cocher considéra un instant ces étranges clients. Mal vêtus, frippés par un long voyage, ils ne payaient certes pas de mine et ressemblaient plutôt aux habitués des tavernes qu'aux fashionables clients de l'aristocratique hôtel. Mais en Amérique on voit journellement des choses plus drôles que cela. Aussi le premier mouvement de surprise passé, il fouetta son attelage qui prit immédiatement le grand trot.

L'Amérique est sans contredit un pays unique au monde. Tandis qu'ailleurs on fait fortune, ou qu'on se ruine mesquinement sans bruit, sans éclat, là, la chute est aussi retentissante que le succès ; les conceptions les plus hardies, les plus originales n'étonnent personne, les rêves les plus irréalisables trouvent des hommes de génie, des capitaux de bonne volonté pour aider à leur réalisation.

Le Great Hotel, auprès duquel notre Grand-Hôtel parisien semblerait un restaurant de deuxième ou troisième ordre, en est une preuve. A lui seul il constitue tout un quartier de la ville, il fait vivre tout un peuple de cuisiniers, de valets de chambres, de décrotteurs, de commissionnaires, etc... C'est à peine si on a le temps de désirer quelque chose, tant les directeurs semblent avoir pris à tâche d'épargner à leurs clients jusqu'à l'ombre d'un ennui. Sans sortir de chez soi on peut se passer ses moindres fantaisie : appartements confortables, tables servies à toute heure, bibliothèques, salles de jeux, de lecture, de spectacles, de conversation, postes, télégraphes, librairie, les heureux hôtes de ce vaste caravansérail trouvent tout à leur portée.

— C'est donc ici que nous logerons ! firent ahuris Dick et Bill en contemplant ce monument sans pair dont les façades ornées, fouillées, sculptées avec goût s'étendent sur trois rues.

— Pas pour longtemps, répondit Goliath, car, ou je me trompe, ou nous verrons bientôt du pays.

La voiture s'était arrêtée ; il sauta à terre.

---

## XVIII. — San-Francisco et ses environs.

Après avoir payé son cocher, Goliath toujours suivi de ses deux nouvelles recrues s'enfonça sous la porte monumentale de l'hôtel, et, par un garçon qu'il happa au passage, se fit conduire au bureau des renseignements.

Il fut reçu par un gentleman vêtu de noir, cravaté de blanc et abritant ses yeux derrière une paire de lunettes à tiges d'or. Bien que Goliath, nous l'avons dit, ne payât guère de mine, le gentleman l'écouta en silence.

— Monsieur Davidson, dit-il à un employé aussi correct que lui, conduisez ces gentlemen. Troisième escalier, cinquième corridor, chambre numéro 12, au troisième étage.

Avec une précision, une raideur toute mécanique, les trois hommes emboîtèrent le pas derrière M. Davidson.

Goliath éprouvait une vive émotion à la pensée de revoir celui qu'il considérait comme son véritable maître. Quelques mois de vie commune avec ces natures droites et généreuses, surtout l'absence de mauvais exemples, de conseils pernicieux, l'avaient transformé ; il était en train le devenir un honnête homme.

Sa haine contre ses lâches complices, d'ailleurs, lui tenait lieu de vertu. Il avait pu sonder la profondeur de l'abîme où il avait failli tomber ; il se promettait bien, si jamais une telle possibilité s'offrait à lui, de changer de genre de vie.

Pendant que nous faisons ces réflexions, les trois hommes montaient toujours, étonnés, ahuris, osant à peine poser le pied sur les tapis aux riches dessins qui couvraient les degrés, jeter un coup d'œil dans les immenses glaces de Venise où se réfléchissaient leurs images.

Soudain leur guide s'arrêta.

— C'est ici, dit-il. Qui dois-je annoncer?

— C'est inutile, répondit vivement Goliath, nous nous annoncerons bien nous-mêmes.

Brusquement il poussa la porte, traversa l'antichambre et vint tomber comme un boulet au milieu du petit parloir où Hector, Aristide et le constable achevaient de lire leurs journaux tout en savourant d'excellent thé!

— Goliath! firent-ils surpris de cette entrée soudaine.

— Oui, moi! fit Goliath rayonnant. Et je ne viens pas seul, ajouta-t-il, j'amène des recrues.

La première idée d'Hector avait été de tendre la main à l'ex-bandit; mais en voyant Bill et Dick qui, tout penauds, réglaient leurs mouvements sur ceux de leur chef de file, il ne put réprimer un cri de surprise.

— Ces hommes!...

— Ces hommes qui, maintenant, seront pour nous d'utiles auxiliaires, oui, gentleman! Voilà le secret de mon absence. J'avais résolu de nous les attacher, et j'ai réussi.

— Un vrai miracle! interrompit Aristide. Mais comment avez-vous fait?

— Tout simplement en leur représentant que leur intérêt était de nous servir et non d'obéir à des bandits tels qu'Archibald et Nichols; en leur racontant ma petite histoire; en leur montrant, enfin, la trace de ma blessure, preuve éloquente de la gratitude de ces misérables, et, — vous ne me démentirez pas — en leur promettant une riche récompense.

— Ainsi vous-êtes à nous ? demanda le constable aux deux hommes.

— Entièrement.

— Alors nous sommes sur la voie...

— Pas du tout, nous nous en écartons, dit Goliath triomphalement.

A ces paroles qui soulevèrent une tempête de réclamations, de questions, il fallait une réponse. Goliath n'était pas homme à reculer devant une explication. En quelques mots il raconta son odyssée à travers la forêt, la découverte du repaire des bandits, la conversation qu'il avait eue avec eux, enfin leur adhésion à ses projets.

Hector, Aristide et le constable l'avaient attentivement écouté.

— Goliath, dit Hector en tendant la main à l'ex-bandit qui n'osa la serrer mais rougit de plaisir, vous êtes un brave garçon. Jusqu'à présent vous avez mené une vie répréhensible et coupable, mais vous êtes jeune encore et le ciel est clément au repentir. J'espère donc, quand notre œuvre sera terminée, que vous abandonnerez à jamais la mauvaise voie ; je veillerai d'ailleurs à ce que cela vous soit facile. Actif, intelligent comme vous l'êtes, si vous le voulez fermement, vous ne tarderez pas à conquérir une place honorable dans le monde, à mériter l'estime des honnêtes gens...

— Je vous le jure, Monsieur ! Non, je n'étais pas né méchant. Mais que voulez-vous, élevé sur la rue sans guide, sans soutien, je ne pouvais que mal tourner... J'ai fait tous les métiers, j'ai volé même, qu'est-ce que cela m'a rapporté ? De la prison, un coup de couteau de la main de mes propres complices... C'est assez, c'est trop...

— Bien, je vous crois. Bill, Dick, ce que j'ai dit à Goliath je puis aussi vous le dire. Servez-moi, et ma bourse vous

sera libéralement ouverte, et je vous donnerai le moyen de
rentrer honorablement dans la société qui ne repousse que
les êtres lâches et viciés, mais qui accueille les braves
cœurs ; vous recommencerez sous les auspices du travail, de
la religion une vie que vous avez si mal employée jusqu'ici.

Émus, subjugués par ces paroles simples, mais empreintes de charité et de loyauté, nos deux hommes courbè-
rent timidement la tête.

— By God ! fit tout à coup Bill, nous le ferons, Monsieur !
Nous apprendrons à devenir honnêtes... Ce sera peut-être
dur en commençant, mais, si je faiblis, je me rappellerai
que vous m'avez sauvé la vie quand vous me teniez en
votre pouvoir, quand vous pouviez m'écraser comme un
reptile... Et si Dick ne marche pas droit, c'est moi qui me
charge de lui casser la tête !

— Diable ! interrompit Aristide, ce serait un mauvais
début...

Et se tournant vers Hector.

— Tu prêches comme un Révérend, dit-il en français ;
je ne te connaissais pas ce talent là.... Mais c'est égal,
reçois mes félicitations sincères. Trois conversions en
moins d'une heure, c'est inoui...

— Pour Goliath la chose était déjà faite, à son insu il est
vrai ; mais qu'importe ! quant aux deux autres, c'est bien
facile à comprendre. L'homme, à de bien rares exceptions,
ne fait pas le mal pour le mal ; il est attiré dans le mauvais chemin par la misère bien souvent, par une mauvaise éducation plus souvent encore. Mais facilite-lui le
retour au bien, parle à son cœur, fais vibrer en lui la corde
de l'intérêt, montre-lui ici le crime, la débauche, une fin
honteuse, là une vie calme, exempte de soucis, de remords
et tu verras quelle part il choisira...

— Soit, je t'accorde cela. Mais là n'est pas la question.

Occupons-nous un peu de messieurs Archibald Loyton et Nichols Godvolke. Ceux-là, je t'en réponds, ne se laisseront pas convertir.

— Aussi n'essayerons-nous pas de le faire, répondit Hector tranquillement.

— Ainsi, dit Weddy, vous le jurez, Archibald Loyton et Nichols Godvolke sont à la Nouvelle-Orléans.

— Nous le jurons.

— Alors pourquoi cette indication? continua le constable en mettant sous les yeux de Dick le papier trouvé à la lisière du bois. Pourquoi ces noms : Omaha-City, San-Francisco ?...

— Pour vous égarer sur une mauvaise piste et me donner le temps de me rétablir si j'étais blessé, répondit Bill franchement. Je l'avais exprès laissé tomber sur le sol, sachant bien que vous ne négligeriez pas un pareil indice. En ce moment nous étions sincères et bien décidés à obéir à ces hommes que vous appelez Archibald Loyton, Nichols Godvolke, que nous ne connaissons, nous, que sous le nom des frères Robertson et à vous supprimer les uns après les autres. Vous nous étiez spécialement recommandé, monsieur Lassalle, c'est pourquoi nous avions commencé par vous.

— Et maintenant?

— Nous vous l'avons dit, nous vous sommes entièrement dévoués, disposez de nous comme vous l'entendrez.

— Eh bien, dit Hector avec énergie, les bandits sont à la Nouvelle-Orléans, c'est là qu'il faut aller les chercher... Partons.

Le constable sourit.

— Quel enthousiasme! dit-il, je reconnais bien là la fougue française. A mon tour, laissez-moi vous faire une observation. Vous voulez partir dans le cœur de l'hiver, c'est-à-dire dans la saison la plus mauvaise pour voyager, non que je craigne la fatigue ; mais je redoute les acci-dents, les dangers imprévus...

— Nous l'avons fait ce voyage, dans ces mêmes condi-tions, interrompit Hector. Qui sait si les bandits, sans nou-velle de leurs complices ne se défieront pas ?

— Au contraire, trop de précipitation peut nous perdre ; ils peuvent douter, en voyant leur complice revenir si tôt, qu'il ait accompli leur mission. Nous sommes en janvier, attendons le printemps. Mars, si vous voulez, et d'ici là tenons les bandits en haleine par des télégrammes men-teurs. Quand nous serons tous morts, à leurs yeux du moins, nous pourrons agir.

— Deux mois ! attendre encore deux mois ! murmura Hector.

— Deux mois sont bien vite passés dans une ville comme San-Francisco. Que dit la galerie ?...

— Ma foi, répondit Aristide, je dis que monsieur Weddy a parfaitement raison. Pour ma part, je ne serais pas fâché d'étudier un peu San-Francisco, de visiter les *placers* et les chercheurs d'or, s'il en reste encore, les sauvages s'ils ne sont pas tous morts, de m'asseoir au campement des *gambusinos*, enfin d'assister à quelques-unes de ces chasses, que l'on dit merveilleuses ici.

— Et vous, Goliath ?

— Je suis de l'avis de ces gentlemen. Mieux vaut ruser que de précipiter les choses. Aussi, je propose d'expédier à ces messieurs un télégramme ainsi rédigé et faisant pen-dant à celui de l'autre jour : « Pas de chance ! Encore » cheval mort. Espère me débarrasser promptement des » deux autres. » Dans quinze jours on renouvellera la farce, et on pourra partir.

— Attendons donc.

Cette détermination prise, on s'occupa de décrasser maître Goliath et ses deux recrues, qui passèrent à l'hôtel pour les domestiques des voyageurs. Goliath était devenu le factotum, le caissier de la petite troupe, l'homme indispensable enfin. C'était lui qui réglait tout, qui s'occupait de tout. Plusieurs fois Hector lui confia des sommes importantes dont il oubliait — peut-être avec intention — de lui demander compte. Mais si c'était une épreuve, Goliath, hâtons-nous de le dire, en sortit à son honneur.

Dès lors la vie fut réglée, le temps employé soit à visiter la ville que les voyageurs n'avaient qu'imparfaitement vue, soit à parcourir les environs. Les longues courses à cheval, en chemin de fer, en traîneau leur plaisaient surtout. Alors on apportait des fusils, on se livrait en plaine ou sous bois à d'émouvantes chasses aux loups, aux cerfs, ou encore on grimpait parmi les rochers de la Sierra-Bolbones, combattre l'ours dans ses sombres repaires.

La Californie est un pays aujourd'hui complétement transformé. Là où, autrefois, les chercheurs d'or haves, déguenillés, minés par une fièvre incessante, bouleversaient le sol, où l'Indien nomade bâtissait son *wigwam*, où campaient les *gambusinos* farouches, s'élèvent des fermes opulentes, des moulins, des scieries ou s'étendent de vastes cultures, des champs de blé dont le rendement nourrirait les États-Unis. Partout existent des bourgades importantes, des villages qu'on eut vainement cherchés il y a une vingtaine d'années.

Les Californiens, et en cela ils ont fait preuve de sagesse, ont renoncé à la recherche souvent bien aléatoire, presque toujours malsaine à l'âme comme au corps, du précieux métal pour se livrer à l'industrie, à l'agriculture. Et le succès a pleinement couronné leurs efforts : le commerce, l'agriculture les enrichissent plus rapidement que ne le faisaient les mines autrefois.

L'exploitation de l'or n'a pas cessé pourtant ; mais presque partout elle est entreprise par de grandes compagnies qui réglementent le travail et remplacent en grande partie l'homme, par des machines. Le mineur devient ainsi un ouvrier ordinaire, travaillant à heures fixes, régulièrement payé et non un malheureux désespéré dont la vie ou la mort dépendait souvent d'un seul coup de pioche.

La Californie possède aussi des mines de mercure d'une richesse inouie. Outre les énormes quantités qui sont pour ainsi dire employées sur place pour l'épuration de l'or, elles en produisent assez pour suffire aux besoins du monde entier.

Edmund Weddy possédait la topographie complète de la Californie où il avait déjà séjourné deux ans. C'était lui qui guidait les aventuriers, ne leur faisant grâce d'aucun point important : depuis le mont Diavolo jusqu'aux arbres géants de la vallée de Calavéras, il leur fallut tout voir, tout admirer.

Aussi ces deux mois qu'on avait cru devoir être éternels, passèrent comme un songe.

L'heure décisive était sonnée.

---

### XIX. — Voyage émouvant sur le Mississipi.

Le 10 mars, deux mois après leur arrivée à San-Francisco, nos coureurs d'aventures remontaient dans les wagons de ce *Pacific-Rail-Road* qu'ils connaissaient déjà

pour en avoir largment usé. Cette fois la caravane était
plus nombreuse qu'au départ de New-York, cette fois aussi
la confiance était à l'ordre du jour : on marchait vers un
but assuré.

De tous les souvenirs qu'ils emportaient de San-Francisco, le plus agréable était sans contredit celui d'une ren-
contre avec de faux Indiens sur les cimes de la Sierra-
Nevada. Ils en avaient été quittes pour laisser leurs armes,
leur argent et leurs bijoux entre les mains de ces *saltea-
dores* grimés en Pawnies, en Comanches ou en Dacotas;
mais au moins, comme le disait plaisamment Aristide, ils
avaient conservé leurs chevelures, chose qui ne serait
sans doute pas arrivée s'ils avaient eu affaire à de vrais
sauvages.

Mais les Indiens se font de plus en plus rares dans les
états de l'Union. Leurs tribus errantes reculent de plus en
plus devant la marche rapide de la civilisation. Chassés
par les blancs implacables, sans espoir de reconquérir les
territoires où dorment leurs ancêtres, ils errent misérablement dans les solitudes du nord, dans les plaines dessé-
chées du sud, traqués comme des bêtes fauves, mais aussi
n'épargnant pas les malheureux colons qui leur tombent
sous la main.

De ces fiers guerriers des déserts, il ne restera bientôt
plus que le souvenir.

Parfois cependant, comme on l'a vu dans ces temps
derniers, ils prennent de terribles revanches. Mais que
peuvent-ils quand la division est dans leurs rangs ? Quand,
au lieu de s'allier contre l'ennemi commun, ils se déci-
ment entre eux? Quand, enfin, le wiskey, ce terrible fléau
apporté par les blancs, les abrutit et les tue par centaines ?

Il existe presqu'aux portes de San-Francisco plusieurs
tribus indiennes, mais dégénérées, abâtardies, adonnées

à tous les vices, elles ne sont même plus dignes de pitié.

Le printemps commençait de nouveau à sourire sur la campagne américaine, et ces paysages, ces sites qui en janvier avaient paru si désolés, s'animant sous les bienfaisantes caresses d'un soleil printanier, apparaissaient pleins de charmes et de poésie. Partout la neige fondait et s'amassait en torrents, en cascades au fond des ravins, des canôns; l'herbe verdoyait dans les plaines, les arbres avaient de nouvelles pousses et promettaient une riche frondaison. On aimait à voir cette jeune végétation près des sombres aiguilles des sapins qui, dépouillés de leurs blanches parures de frimas, présentaient un aspect plus lugubre encore.

— C'est le réveil de la nature! disait Weddy en aspirant à pleins poumons l'air tout impreigné de fraîches senteurs, d'effluves balsamiques.

— Quel contraste avec l'aspect qu'offraient ces mêmes lieux il y a deux mois! ajoutait Aristide. Comme une ruche qui s'éveille, la campagne est pleine de bourdonnements, de frémissements; les nids s'accrochent déjà aux branches; et, sous ce beau soleil, dans cette nature rajeunie, l'homme rit, chante, et se sent heureux de vivre...

Nous n'entreprendrons pas de raconter ce voyage qui ne serait qu'une redite du précédent. A Omaha-City, nos voyageurs prirent à peine le temps de se reposer, et, changeant de ligne, s'embarquèrent pour Saint-Louis.

Là, leur intention était de prendre le steamboat et de descendre le Mississipi jusqu'à la Nouvelle-Orléans.

Saint-Louis est situé sur le Mississipi un peu en dessous du confluent de ce fleuve avec le Missouri. C'est avant tout une ville d'origine française. On l'appelait autrefois la *capitale de l'Ouest*; mais aujourd'hui ce titre lui est disputé par San-Francisco.

Datant de 1762 et fondé, comme nous l'avons dit, par des Français, Saint-Louis jouit donc d'une ancienneté peu commune aux États-Unis. Des rues noires, tortueuses, étroites, aux maisons d'une architecture surannée, attestent cette haute antiquité dans certaines parties de la ville, tandis qu'à deux pas de là, des voies larges bordées de palais, des hôtels de Crésus modernes, des monuments splendides où rien n'a été épargné pour flatter le regard, parlent éloquemment en faveur du goût de notre époque.

Saint-Louis, bâti en amphithéâtre sur une petite colline, commande la vue du fleuve que traverse un large pont ; mais déjà sur ses deux rives s'élèvent une foule de fabriques, de blanches villas papillotent au soleil. Comme toutes les villes américaines, à qui l'espace n'a pas été ménagé, c'est un entassement de palais, de parcs, de jardins, de monuments grandioses que domine la coupole élancée du *capitole*.

Il existe entre Saint-Louis et la Nouvelle-Orléans plusieurs services de steamboats.

Ces steamboats méritent une description particulière. Ce sont ordinairement d'énormes bateaux plats, sans quille et supportant au-dessus du pont un triple étage de salons et de cabines. Ces navires qui appartiennent à de puissantes compagnies, parfois même à leurs capitaines, sont meublés, aménagés, ornés avec un luxe inouï qui dépasse tout ce que l'imagination peut rêver. Les Américains, c'est une justice à leur rendre, entendent merveilleusement le comfort. Sur leurs navires toutes les commodités de la vie, non seulement le nécessaire, mais encore le superflu sont réunis, de sorte qu'on peut voyager l'esprit tranquille quant aux nécessités matérielles : avec de l'argent on ne manquera de rien.

Malheureusement, si sous le rapport du confortable, du

bien-être, rien n'a été négligé, il n'en est pas de même
sous celui de la sécurité. Le voyageur est un colis que le
capitaine s'engage à choyer, à entourer de mille soins,
mais dont il ne répond pas. On a vu sur les navires de
deux compagnies rivales, les capitaines, debout sur la passerelle, s'invectiver, se menacer de leurs revolvers ; d'autres charger leurs fourneaux à rouge et risquer de se faire
sauter plutôt que de s'avouer vaincus.

Là, en effet, est le grand point. En Amérique plus qu'en
Angleterre, le temps c'est de l'argent et le Yankee, calcu-
lateur et résolu, préférera s'embarquer sur le navire réputé
le *plus vite*, au risque de faire un voyage dans l'espace
en compagnie de ses dollars, plutôt que de se confier à
un capitaine prudent et expérimenté, mais qui mettra cinq
heures à accomplir le trajet que son concurrent peut faire
dans quatre.

Au moment où nos aventuriers mettaient le pied sur
le port, deux steamboats, le *Columbia* et l'*Alabama* chauffaient justement pour la Nouvelle-Orléans. Les cloches
tintaient, la vapeur sifflait rauque et stridente pour appeler
les retardataires, et, dociles à cet appel, on les voyait arri-
ver de tous côtés pêle-mêle avec les portefaix, les commissionnaires apportant les bagages, les voitures chargées de
marchandises qui bientôt s'engouffrèrent dans les larges
flancs des monstres aquatiques.

Une simple planche faisait communiquer le quai avec
les steamboats ; c'était par là que passaient marchandises
et voyageurs.

— Nous arrivons au bon moment ! dit Weddy en passant
le premier sur le *Columbia*.

— Bah ! répondit Goliath, les navires ne manquent pas
sur le Mississipi, et si cela continue, ce ne seront pas les

navires qui feront défaut aux voyageurs, mais les voyageurs aux navires.

— Puissamment raisonné, *my dear!* appuya Aristide en
riant. Décidément vous devenez d'une jolie force...

Goliath haussa les épaules ne sachant si c'était une rail-
lerie ou un compliment.

Enfin, le sacramentel : All right ! ayant été prononcé, les
amarres furent larguées, la vapeur siffla, la roue tourna
dans des flots d'écume, et le *Columbia* s'ébranlant emporta
rapidement ses passagers.

Hector et Aristide étaient montés sur le pont, c'est-à-
dire sur la plate-forme servant de toit au troisième étage.

De là, ils jouissaient de la vue du fleuve large et brillant comme une plaque d'acier poli, des rives couvertes
d'une foule de villas, de bourgades entremêlées de jardins,
de parcs, de grandes cultures que dominaient des collines
aux croupes mollement arrondies et se fondant déjà dans
les teintes indécises du crépuscule.

Le *Columbia* filait toujours battant l'eau de sa roue
gigantesque, vomissant des flots de fumée noirâtre, et
bientôt Saint-Louis, qui découpait nettement en bleu sombre ses maisons, ses palais, son Capitole sur l'écran lumineux du ciel, s'estompa par degrés successifs et finit par
s'évanouir dans le vague du soir.

La nuit tombait.

Sur le pont passaient et repassaient les passagers, parlant haut, gesticulant. Il y avait de tout dans cette foule ;
des officiers, des marchands, des simples touristes voyageant pour leur plaisir, des pauvres diables en quête d'une
position, des ministres à l'air grave, des *commis-voyageurs
en bible*, des femmes, des enfants, et aussi des escrocs,
car il y en a partout en Amérique.

Tout cela allait, venait mélangé, confondu; l'Américain

admet l'égalité partout, tant qu'elle ne s'attaque pas à sa bourse.

Pendant ce temps, les employés du steamboat donnaient les tickets et encaissaient la recette.

Puis la cloche sonna : cette fois pour avertir que le dîner était servi.

Aussitôt passagers, passagères, tout le monde se précipita vers les salons où de longues tables couvertes de linge éblouissant de blancheur, de cristaux, d'argenterie étaient dressées.

En vertu de l'axiome tout-puissant aux États-Unis : *chacun pour soi*, les premiers arrivés s'emparèrent des meilleures places, des meilleurs plats, et bientôt on n'entendit que le bruit énergique de trois cents mâchoires mastiquant à qui mieux mieux, le choc des verres, et celui des fourchettes heurtant, sans grâce ni merci, les riches porcelaines de la Chine et du Japon.

Le service était fait par des nègres qui, depuis l'abolition de l'esclavage dans les états de l'Union, ont accaparé tous les emplois domestiques.

Le repas terminé, une partie des voyageurs se mit à la recherche des couchettes les plus moelleuses, tandis que l'autre remontait sur le pont. Hector, Aristide et Weddy, sur qui la fatigue semblait n'avoir aucune prise, étaient de ces derniers.

— La belle nuit ! dit Hector en jetant un regard sur la voûte étoilée.

La nuit était réellement splendide; la lune, semblable à une nacelle d'argent balançait dans l'éther son croissant renversé; des millions d'étoiles lumineuses piquaient comme des clous de diamant la voûte foncée du ciel et réfléchissaient sur les eaux leurs rayons tremblants; c'était à peine si on pouvait apercevoir les deux rives s'estompant faiblement au loin.

Tout à coup Weddy bondit.

— By God! fit-il, un point noir à l'horizon...

— Je ne vois qu'un point lumineux, répondit Aristide en riant.

— Oui, le feu d'avant de l'*Alabama* qui essaye de nous gagner de vitesse.

Le capitaine aussi l'avait aperçu.

— Chauffez! cria-t-il à l'ingénieur; chauffez à rouge!

Le charbon s'engouffra dans les fourneaux, les cheminées vomirent de noirs torrents de fumée, et le *Columbia* glissait sur les eaux calmes avec une rapidité fantastique.

Mais l'*Alabama* gagnait toujours.

— Chauffez! chauffez toujours! cria le capitaine penché sur la bouche acoustique. Nous perdons.

— Les fourneaux sont pleins à déborder; nous marquons le maximum de pression, un degré encore et nous risquons de sauter.

— Qu'importe!

L'ingénieur ne fit aucune observation et ordonna aux chauffeurs de jeter encore, toujours de la houille dans les fourneaux. C'était un coup d'œil vraiment satanique que la vue de cette chambre de chauffe éclairée par les rouges reflets des flammes et au milieu de laquelle s'agitaient, comme des démons dans une fournaise, l'ingénieur et ses aides, suants, gémissants, nus jusqu'à la ceinture, tandis que la machine hurlait avec un fracas assourdissant.

Le *Columbia* surmené vibrait, gémissait des profondeurs de la cale au pont qui avait de violentes trépidations, des soubresauts terribles. L'*Alabama* aussi accomplissait les mêmes manœuvres; mais grâce à l'énergie, à la ténacité plutôt du capitaine Benett, la distance était toujours la même.

10

—Il va nous faire sauter ! cria Aristide. Mais cet homme est fou ! Qu'importe une heure de plus, une heure de moins ? On ne devrait pas permettre de telles choses.

— Le capitaine est roi sur son navire, répondit Weddy tranquillement. N'essayez pas de protester, on ne vous écouterait pas.

La lutte se continuait émouvante, terrible, pleine de péripéties entre les deux navires. Nul n'eût pu dire de quel côté penchait la balance, quand, tout à coup, un cri affreux retentit :

— Le feu ! le feu !!!...

Une clameur horrible, une plainte déchirante sortit de cinq cents poitrines à ce cri funèbre.

Le feu avait pris à l'avant du navire communiqué par les étincelles, les flammèches embrasées que vomissaient sans cesse les deux énormes cheminées. La rapidité de la marche aida encore à la violence du sinistre en rabattant les flammes sur l'arrière ; en un clin d'œil le pont fut complétement balayé et le pauvre *Columbia* disparut dans un linceul de flammes et de fumée.

Par bonheur l'ingénieur avait pu noyer ses fourneaux. Passagers, matelots, tout le monde enfin se massa sur l'arrière, seul point encore respecté par la conflagration. Les uns parlaient de se jeter dans le fleuve, les autres voulaient mettre les embarcations à flot ; bref, chacun se démenait, donnait son avis, mais personne n'agissait. Seul le capitaine n'avait pas perdu la tête ; au début du sinistre, alors qu'il pouvait agir encore, il avait brusquement mis la barre tout à babord, et le *Columbia* quelques minutes après allait s'échouer sur un fond de vase.

Le jour allait paraître.

## XX. — Où Nichols Godvolke et Archibald Loyton perdent leur dernière partie.

Comme Saint-Louis que nous venons de quitter, la Nouvelle-Orléans où nous arrivons doit sa fondation à l'or, au génie des Français. C'est la capitale de la Louisiane, ce pays enchanté qui serait un véritable paradis terrestre sans ce terrible fléau : les fièvres paludéennes qui chaque année font tant de ravages dans sa population.

La nature est riante en Louisiane. Dans cet heureux coin de terre qui ne connaît ni les neiges ni les frimas du nord, ni les chaleurs accablantes de l'équateur, le sublime Architecte du monde a semé à profusion ses trésors magiques. La végétation, favorisée par un sol humide, est belle, luxuriante, pleine de sève et d'exubérance, et semble douée d'une jeunesse éternelle. C'est la terre promise du colon qui recueille sans effort le centuple de ce qu'il lui confie.

Les premiers colonisateurs de la Louisiane, presque tous Français, avaient apporté sur ce coin de terre les mœurs, les habitudes et surtout l'amour de la mère patrie ; et aujourd'hui encore si, perdue comme un nid sous le feuillage, on aperçoit une coquette villa aux longues avenues de jasmins, de magnolias, d'orangers, aux buissons de roses odorantes, de grenadiers en fleurs, on peut dire sans crainte de se tromper :

— C'est la demeure d'un Français.

Le sol de la Louisiane, propice à toutes les cultures,

produit surtout le caféier, le cotonnier, le bananier, la
canne à sucre. Mais depuis la suppression de l'esclavage
la grande culture a baissé de cent pour cent et bien des
colons découragés, à moitié ruinés, ont préféré renoncer à
la lutte; ils vivent à Paris, même en province des débris
de leur fortune. Le Yankee alors les a remplacés, morce-
lant, détruisant, modifiant et surtout calculant profondément.

La ville est construite sur le Mississipi, ce *Père des
Eaux* chanté par Châteaubriand, et conserve encore aujourd'hui le double cachet des deux peuples qui l'ont élevée.
Une rue, Canal Street, la sépare nettement : ici le quartier
français avec ses rues de Chartres, du Rempart, de Bour-
gogne, etc..., ses magasins calqués sur ceux de Paris, ses
églises catholiques, ses couvents, son archevêché, ses
restaurants, son théâtre enfin ; là le quartier américain où
se dresse le *City-Hall*, où sont les bourses, les banques, les
casernes, etc.

Les maisons à la Nouvelle-Orléans sont généralement
propres et bien entretenues, grâce à cette habitude, fort
utile dans les pays chauds, d'enduire les murailles d'une
couche épaisse de stuc ou de peinture à l'huile.

Les Louisianais semblent avoir la passion des fleurs, on
en voit partout dans la ville, sur les places, aux portes des
cafés et des hôtels, sur les balcons des habitations ; et cette
profusion de fleurs, de feuillage s'étalant en larges touffes
ou grimpant le long des murailles, entourant de leurs
festons les grandes fenêtres, donne aux demeures les plus
pauvres un aspect coquet et réjouissant qui flatte agréa-
blement le regard.

Mais au moment où nous y pénétrons, la Nouvelle-
Orléans était dans la consternation. On avait su par le
capitaine de l'*Alabama* le malheur arrivé au *Columbia* et

chacun craignait pour les siens. Le nombre des victimes n'était-pas connu encore. Les uns affirmaient qu'il était minime, eu-égard au grand nombre des passagers du *Columbia*; d'autres disaient au contraire que personne n'avait échappé au terrible sinistre.

De courageux citoyens avaient immédiatement affrété un steamboat; d'autres espérant être rendus plus vite avaient pris le railway. Pendant qu'ils couraient ainsi à la recherche des malheureux sinistrés, la foule attendait à la gare, sur le warf où stationnent les steamboats.

Enfin la nouvelle arriva transmise par le télégraphe. Grâce au sang-froid du capitaine Benett qui avait réussi à échouer son navire, le débarquement s'était effectué sans danger et tous les passagers, tout l'équipage avaient pu gagner Memphis, où les soins les plus fraternels leur avaient été prodigués.

A part quelques brûlures, quelques contusions sans gravité, on n'avait aucun accident grave à enregistrer.

L'agio, comme toujours, s'était emparé de cette affaire. En moins d'une nuit, les actions de la compagnie à laquelle appartenait le *Columbia* avaient baissé du tiers pendant que celles de l'*Alabama* s'élevaient d'autant.

Toujours pratiques, ces dignes Yankees!

Le lendemain de la catastrophe, vers quatre heures du soir, les passagers du *Columbia* débarquaient à la gare : un train spécial avait été mis à leur disposition.

— Enfin, dit Aristide en descendant de wagon, nous y voilà! Ça n'a pas été sans peine, par exemple!... Quel voyage, mes amis! quel voyage!... De l'émotion *à la clef* sur toute la ligne...

— Oui, répondit Hector d'une voix grave; mais Dieu veillait sur nous... Maintenant l'heure décisive est venue! il faut agir.

Et pendant que Goliath, Hector et Aristide se cachaient dans un restaurant de modeste apparence, que Weddy muni de ses mandats d'amener se rendait au bureau de police, Bill et Dick, les deux mains dans les poches, arpentaient la ville à la recherche de la rue du Rempart.

Cette rue, une des plus vieilles de la Nouvelle-Orléans, appartient au quartier français. Les deux hommes marchaient lentement, bâyant aux corneilles, déchiffrant les enseignes et les numéros des maisons. Tout à coup Bill tressaillit.

— Les voilà ! dit-il.

En effet, Weddy, à la tête d'un détachement de policemen, débouchait à l'autre extrémité de la rue.

En même temps Dick s'écriait :

— C'est ici !

La maison portant le numéro 10 était basse, délabrée, et semblait n'avoir pas été habitée depuis longtemps. Les murailles noires de vétusté étaient décrépites et crevassées, les fenêtres n'avaient plus de vitres, la rouille rongeait le balcon de fer forgé.

Dick souleva le lourd marteau qui retomba avec bruit.

Un nègre, une sorte d'hercule, ouvrit.

— Que voulez-vous ? demanda-t-il en jetant dans la rue un regard inquiet.

Mais Weddy et ses hommes s'étaient blottis dans les encoignures des maisons.

Pour toute réponse Bill tendit au nègre la carte qu'il avait conservée.

— Vous êtes Bill Swift et Dick Crane?...

— Oui, firent les deux hommes.

— Vous étiez attendus. Trouvez-vous ce soir, à minuit, sur la rive gauche du fleuve un peu au-dessus de la ville, vous y trouverez les personnes que vous désirez voir.

Et brusquement il referma la porte au nez des deux hommes stupéfaits.

. . . . . . . . . . . . . . . . . . . . . . . . .

. . . . . . . . . . . . . . . . . . . . . . . .

Le soir même, à quelque distance de la ville, deux hommes enveloppés dans de grands pardessus, sous lesquels se dessinaient les crosses de deux revolvers, cheminaient lentement.

A quelques pas en arrière, mais dissimulé derrière les troncs des grands arbres, un petit détachement composé d'une douzaine d'hommes suivait le même chemin.

La nuit était calme et tout embaumée des parfums des fleurs. La lune, à son premier quartier, versait sur le paysage sa clarté vaporeuse et réfléchissait ses rayons sur la surface du Père des Eaux, qui semblait un lac immense et sans horizon.

C'était une vraie nuit louisianaise.

Les deux hommes marchaient toujours. Soudain, une ombre bondit au milieu de la route et s'avança vers eux. C'était le nègre.

— Vous-êtes seuls? dit-il d'un air soupçonneux.

— Oui, répondirent les deux hommes.

— Suivez-moi.

Sans répondre, les deux hommes obéirent. La route était large et bordée d'un côté par le fleuve, de l'autre par une muraille de grands arbres. Les deux hommes marchaient derrière le nègre sans échanger une seule parole; cependant l'impatience commençait à les gagner.

Ah ça! dit tout à coup l'un d'eux en s'arrêtant brusquement, voilà une heure que nous marchons sans savoir où nous allons. Il serait temps de nous le dire : nous n'avons pas l'intention de courir au bout du monde.

—Vous n'irez pas si loin, répondit le nègre, nous sommes arrivés.

En même temps il étendit la main vers une petite maison isolée, profilant sa masse grisâtre dans la demi-obscurité de la nuit.

Moins d'un quart d'heure après la porte s'ouvrait et les trois hommes disparaissaient dans l'intérieur de la maisonnette.

Alors il s'opéra un mouvement étrange. Ces hommes que nous avons vus tout à l'heure suivant, dissimulés derrière les arbres, la marche des promeneurs nocturnes, bondirent sur la route et entourèrent la maisonnette.

Cependant les trois premiers étaient entrés. Dans l'unique salle, deux autres hommes se tenaient assis derrière une petite table supportant une lampe et tout un arsenal de poignards et de revolvers.

C'étaient Nichols Godvolke et Archibald Loyton.

— Eh bien? dirent-ils en voyant les deux hommes, est-ce fait?

— Tout ce qu'il y a de plus fait, répondit Bill, car c'était lui.

— Ils sont morts?

— Et enterrés.

Un atroce sourire plissa les lèvres de Nichols.

— Vous avez bien mérité votre salaire, dit-il en appuyant la main sur son revolver; mais avant de vous compter la somme promise, il nous faut des preuves...

— En voilà! s'écria Bill qui n'avait perdu aucun des mouvements du coquin. A moi, Dick!

Et bondissant par dessus la table, avant que Nichols puisse se servir de son arme, il l'avait saisi à la gorge. Le choc fut si terrible que la table se renversa entraînant

lampe et armes, qui roulèrent sur le sol où les deux com-
battants se tordaient déjà.

Archibald plus prompt avait visé Dick; mais celui-ci,
en se baissant, évita la balle, et comme Bill se précipita
sur son ennemi.

La lampe en se renversant s'était éteinte. Les cinq
hommes, car le nègre n'était pas resté inactif, combat-
taient dans les ténèbres, se tordaient, s'enlaçaient, criaient
avec rage en essayant de faire usage de leurs armes.

— Forwar! forwar! criait Bill.

Mais la porte de la masure était vérouillée en dedans, et
il fallut l'enfoncer. Quand la petite troupe entra dans la
salle qu'éclairait un blanc rayon de lune pénétrant par la
porte défoncée, le spectacle était horrible : dans le fond,
Bill, le poignard levé, tenait son ennemi impuissant, para-
lysé sous son genou; plus près Dick, Archibald et le nègre
luttaient encore.

— Bas les armes! dit le constable d'une voix retentissante; la loi seule est maîtresse ici...

Lançant un regard chargé de haine sur ceux qu'il avait
cru morts, Archibald se recula jusqu'au fond de la salle.
Bill aussi avait abandonné son ennemi; mais, chose
étrange! les yeux fixes et démesurément ouverts, le visage
contracté, les lèvres teintes d'une écume sanglante, le
bandit ne donnait plus signe de vie.

Déjà un des policemen avait rallumé la lampe.

— Cet homme est mort! dit-il.

— Mort! s'écria Bill; mais je ne l'ai pas frappé pourtant.

C'était vrai, le misérable était mort. Se voyant démas-
qué, sentant ses victimes lui échapper, pris d'un accès
de délire furieux, il s'était rué sur Bill, rugissant, mordant

comme une bête fauve arrivée au dernier paroxysme de la rage. Mais tout à coup, il s'était affaissé lourdement, vomissant le sang à pleine bouche : un vaisseau s'était rompu dans sa poitrine, et il était mort, mort comme Ichabod Creikfoorth...

— C'est la justice de Dieu! dit Hector d'une voix grave.

Retiré au fond de la salle, sombre, menaçant encore, Archibald regardait. Cette fin épouvantable de son complice ne le touchait aucunemeut; il n'avait qu'une pensée : fuir.

Soudain il repoussa brusquement les deux hommes qui le gardaient à vue, et, profitant de ce que les autres acteurs de cette scène, encore sous l'impression de la mort affreuse de Nichols, ne faisaient pas attention à lui, il se rua vers la porte, et en un clin d'œil fut sur la route.

— Adieu! ricana-t-il, nous nous reverrons...

Cinq ou six coups de feu saluèrent cette bravade insolente, mais le misérable ne fut pas atteint. Déjà il se croyait sauvé quand des ombres noires lui barrèrent la route; il voulut reculer : Weddy et Hector, le revolver au poing, lui coupaient la retraite.

— Nous avions prévu cette fugue, cher monsieur! lui cria Weddy.

— Damnation! tout m'accable, tout m'échappe à la fois!

Et poussant un ricanement strident.

— Ils ne m'auront pas vivant! rugit-il.

Devinant son intention, les policemen s'élancèrent. Mais trop tard, Archibald s'était précipité dans le fleuve.

On entendit un cri déchirant suivi du bruit d'une chute. Le flot s'ouvrit en bouillonnant et se referma sur sa proie.

Ce fut tout...

Penchés sur la berge, Hector et Aristide regardaient, interrogeaient anxieusement l'immense surface du fleuve qui apparaissait sous les pâles clartés de la lune comme un lac d'argent ; mais vainement, rien ne se montra...

— Aurait-il réussi à s'échaper ? se demanda Hector.

— Non, dit Weddy, le Mississipi ne rend plus sa proie alors qu'il l'a saisie : cet homme est mort.

— Et Ichabod Creikfoorth est vengé ! fit Hector d'une voix retentissante.

# CONCLUSION.

Quelques jours plus tard la petite caravane rentrait à New-York. Hector, pris d'une lassitude, d'un découragement bien faciles à comprendre après de telles émotions, avait résolu de se fixer pour quelque temps à New-York où, d'ailleurs, la succession à peine liquidée de l'oncle Creikfoorth réclamait sa présence.

— Ma mère viendra me rejoindre ici, dit-il à Aristide qui le pressait de retourner à Paris éblouir de son immense fortune leurs amis d'autrefois ; et nous essayerons d'oublier et de nous faire oublier. Plus tard, quand le temps aura passé sur ces événements sinistres, quand de tous ces drames il ne restera plus que le vague souvenir, j'irai.

Aristide haussa les épaules.

— Enfin, comme tu voudras ! dit-il. Moi j'ai fait mes malles et je retourne dans mon cher Paris. Là seulement on vit, on respire, en sécurité. Et c'est sans regret, vois-tu, que je dis adieu à ce pays charmant des bowie-knifes, des revolvers et des faux Indiens, à cette patrie des steam-boats qui brûlent, des chemins de fer qui déraillent. Si agréable que soit la société de messieurs Weddy, Goliath, Dick et Bill, tous noms harmonieux! je leur préfère celle de bons boulevardiers comme moi : Mais que vont-ils devenir?

— Goliath a témoigné le désir de rester près de moi, et j'ai consenti, car ce garçon m'est attaché, et sa conversion est sincère. Weddy a été largement récompensé. Quant à Bill et Dick, je leur ai compté assez d'argent pour qu'ils puissent acheter une ferme et la faire valoir, entreprendre un métier quelconque, vivre enfin honnêtement.

— Tu es assez riche pour cela. Mais, dis-moi, et cet argent, ce trésor caché par les bandits sur les rives du Susquehanna, tu ne vas pas le laisser là, je suppose ?...

— C'est de l'or maudit, car il est taché de sang, répondit Hector d'une voix sombre. Qu'il reste là où les bandits l'ont enfoui, ce trésor qui a coûté la vie de trois hommes. Je n'en veux pas !

— Diable ! fit Aristide avec une grimace comique, je m'en contenterais bien, moi. Enfin suis ton idée. Mais le paquebot part dans une heure! encore une fois, viens-tu ?

— Je te l'ai déjà dit, pas maintenant... Laisse-moi oublier, laisse l'oubli se faire autour de moi.

Les deux hommes émus échangèrent une solide et fraternelle poignée de main.

— Adieu donc, dit Hector, et puisses-tu être heureux comme tu mérites de l'être. Je n'oublierai jamais les longues heures que nous avons passées ensemble.

— Ni moi, car elles ont été trop émotionnantes. A propos, sais-tu quelle pensée me vient ?

— Non.

— Prends garde, j'en ai la conviction morale, Archibald Loyton n'est pas mort.

FIN.

# TABLE

—

FIN DE LA TABLE.

Limoges — Impr. Eugène ARDANT et Cⁱᵉ.

www.ingramcontent.com/pod-product-compliance
Lightning Source LLC
Chambersburg PA
CBHW051146260626
47170CB00005B/1977